中公文庫

珍品堂主人

増補新版

井伏鱒二

中央公論新社

目次

珍品堂主人　増補新版

珍品

この題で私は実在する人物の実際の行状を書きたいが、後日のモデル問題が気になるので、その人物を別の職業の人に仕立てたい。するとと、実際の行状は、その人の職業がら取引する相手との関係で、そのままに書いては納得できないことになる。必然的にそうなるわけである。だから、なるべくそれの偲ばれるような事件を紙上につくって間に合せたい。性格や言葉づかいは出来るだけ似るように努めたい。かねがね私は噂に聞いて、この人のことを書きたいと思っていた。今度、はからずも紹介される機会があったので、遠まわしに先方の気持をさぐってみた。

モデルにしてもいいとは云わなかったが、書いてはいけないとも云わなかった。とにかく、この人物の人間味に自分の中心興味を置いて書いてみたい。

珍品堂主人

珍品堂主人は加納夏麿《かのうなつまろ》という名前です。年は五十七歳、俳号は顧六です。戦前には、ちゃんとした学校の先生でしたが、戦後、ふとしたことから素晴しい古美術品を発見して、爾来、骨董《こっとう》を取扱う商売に転じたのです。掘出しもの——それを見つけて自分の所有物としたときの魅力に憑《つ》かれたのです。何と致しようもない病みつきです。当人に云わせると、自分は美術鑑賞家であり、俳人でもあり、商業美術の上でも一家をなしているというのですが、以前からの知りあいたちは、現在のところ骨董屋だと思っているようです。よく珍品や風変りな品物を掘出すので、誰が云い出したともなく珍品堂主人と通称されるようになって今日に及んでいるわけです。

戦争が終って、その翌々年のことでした。寒いときで、正月のことでした。そのころはまだ伊豆の下田の町に疎開したままで、生活のために温泉旅館の支配人をやっていましたが、以前に赤坂で芸者をしていた女から手紙が来たので東京へ出て来ました。是非とも逢いたいから逢いに来てくれという手紙でした。それで当時まだ東京に残していた自分の家のことで用件もあったので、それとの兼ねあいで久しぶりに東京に出て来ました。新橋駅に下車して、進駐軍のジープが走るのを見て先ず思ったことは、自宅のことに関する用件だけならば自分は東京に出るのではなかったということでした。女はそのころ新橋駅の近くで闇料理屋をしていましたが、その日は午後から商売は女中任せにして、新橋駅の東側の出口に来て三時間も待っていたそうでした。綺麗にお化粧をして、当時としては贅沢なメルトンの黒いコートに毛皮の襟巻をしていました。

「ああら、先生。とうとう来て下さいましたのね。」

それが久しぶりに逢った女の最初の言葉です。そのあとは、二人づれでどこへ行くあてもなく歩きながら、主に女の方がぽつりぽつりとお店の自慢話をするだけでした。悪くないものでした。お店の繁盛を自慢するくらいだから、色けの方で呼出しをかけたものだとわかりました。

しかし戦後のごたごたした復興最中の街だから、下田へ疎開している者には様子がさっぱりわからない。どこに御商談向きの旅館があるのやら、どこにどんな店があるのやらわからない。相手は不断から無口な女です。お店の常連客のことやお客同士の喧嘩沙汰など、遠慮がちに話しながらついて来るだけで、思いきって寄り添って来るのでもない。ところが虎の門の停留所が見えだしたとき、

「あたし、戦後の浅草をまだ知らないんです。このごろの浅草は、戦前と違って却《かえ》って安心な街になっているんですって。」

女がそう云ったので、

「では浅草へ行ってみるかね。観音様の焼跡を見て、最悪の場合は映画でも見て帰ろうか。」

と地下鉄に乗ろうと思って虎の門に来ると、古道具屋があるのでショウウィンドをちょっと覗《のぞ》きました。すると一尺四方くらいな赤い花毛氈《もうせん》を敷いて、下げ燈籠を一つ置いてある。鉄の打物だけれども、六角型で火屋の窓が古建築の蔀戸《しとみど》みたいな造りになっている。実に見事だ。震いつきたいほどでした。全財産を投じても買おうと思いました。胸が動悸をうちはじめていました。無論、女がそばに寄って来たためでは

ないのです。

この店は鍋山という道具屋です。そんな古美術品などを売る店ではないんですが、進駐軍相手のけばけばした焼物を並べてそれが一つ置いてある。正札を見ると三万五千円です。だが、悲しいかな金がない。そのとき財布に八千円くらいしか持ってなかったので、女を連れていることだし、どうしたものかと迷いました。胸算用したりしながらこう思いました。

この女の肩と俺の肩が殆ど触れあっている。女のやつ、気持のいい脂粉の香を漂わしている。今、この女をここに待たしておいて、俺は店の親爺に掛合って、他のやつに売らないように頼んでみるか。しかし半分以下の手金では顔を縦には振るまいな。掛合が長びくだけだ。すると女が待ちくたびれて店のなかに入って来る。俺の掛合ぶりが案外なんで嫌気を起す。もし親爺が、八千円の手金で承知するとすれば、こちらの財布が空になる。女に映画を見させてやることもできないではないか。今、この場はそっとしておいて、明日また出かけた方がいい。へたなことして、親爺に売り惜しみをするようにさせては拙《まず》いのだ。

そう思ったので、後髪を引かれる思いで女を連れて浅草に行きました。

観音堂の焼跡を見て、ポン引みたいな女を冷やかすような真似しながら曖昧屋《あいまいや》に入って、バラック建の離れで早めの夕飯を食べました。それから、女が新橋まで帰るのを送って行って、横浜の宇田川という道具屋へ金策に行きました。下田に帰っても急な金策は覚束ない。温泉旅館の支配人と云ったって、女房づれで一室を当てがわれて食わしてもらっているだけでした。

この宇田川というのは、仏教美術の目利《めきき》に長《た》けている道具屋です。横浜の大蒐集家小山元亭先生の骨董のお師匠さんです。同時にまた、若いころの珍品堂——つまり学校先生時代の加納顧六にとっても骨董のお師匠さんです。在野では大した目利とされている道具屋です。

「おや、どうしたんです。」

宇田川がびっくりして見せるので、

「金を借りに来た。明日の朝までに貸してくれ、至急入用のことがあるんだ。」

そう云うと、バラック建の茶室に通してくれました。そのときの話はこう云ったような工合でした。

「今日は久しぶりに東京に行って驚いた。室町時代の下げ燈籠に三万五千円の正札が付いてるんだ。それが見つかったから金を貸してくれ。」

「あぶねえな。燈籠は贋物ばかりだからあぶないですよ。」

「それじゃ、俺のところの古器物を売ってやろう。いつかお前さんが売ってくれと云ってたね。あの室町の机と、それから藤原の箸置《はしおき》だ。この二点で三万五千円。」

「あの漆塗りの机なら拝見しましたが、箸置はまだ拝見しませんですな。焼物でしょうな。」

「そりゃそうだが、補修があるんだ。ずいぶん補修がしてあるが、机の上に置いたって李朝の水滴なんかよりゃ気が利いてるよ。」

「現品を見なくっちゃ、何とも云えねえな。では、あんたと一緒に東京へ行って、現物の下げ燈籠と正札を見くらべた上でのことにしますかね。あんたが机と箸置を手放した、燈籠は偽物《ぎぶつ》であったと来ちゃ、お互いに物笑いの種だからね。今晩はここへ泊って、明日の朝、一緒に出かけましょうや。」

　それでは大助かりだと、その茶席に泊めてもらいました。翌朝、宇田川と一緒に東京行の電車に乗りましたが、もしあれが売れてたらどうしようかという気持と、もし宇田川がけちをつけたらどうしようかという気持でいっぱいでした。もし、けちをつけられたら、机と箸置のほかに、戦前に宇田川から買った江戸時代の碁盤も添えてやろうという腹でした。

燈籠は無事でした。ショウウィンドにあるのを硝子《ガラス》越しに見て、

「これだ。」

と云うと、

「駄目です。」

と鸚鵡《おうむ》返しに云う。

「そんな筈はない。がっかりさせないでくれよ。じゃ、なかに入って見せてもらおうよ。」

なかに入って「見せてくれ」と云うと、親爺は奥にいて、息子がショウウィンドから応接間のテーブルの上に持って来て見せてくれた。

間近く見ると、素晴しい金味です。受台の裏には漆が塗ってある。すべて古い打物はそうですが、錆びないように念を入れて作ったもので、銘も彫ってありました。応永二十二年乙未年、一月の何日、漢詩が彫ってあって、越後国何郷何村となっている。献燈したのは一遍宗の信者らしくて願主は満阿弥となっている。日付もある。大変な

ものだと思いました。

奉納が応永時代のことだから、たたらを踏むとき願主が傍にいてお経を読んでいたかもしれないです。そうして、お経を読みながら感激の極、いけにえとして、身につけている金銀の装身具を、たたらの砂鉄を鎔《と》かしたなかに入れたかもしれないです。さもなくても、刀を鍛えるように打って打って鍛えあげ、それを組立てて作った打物です。刀の鍔《つば》よりもまだ確かな鉄だから、ちょっとやそっと雨ざらしにしても錆びたりするようなことはない。

しかるに宇田川は、

「いけないいな。あんたの目はどうかしているね。これじゃあ仕様がねえ。笠に補修はしてあるし」と、けちをつけるのです。

補修なんかしてないのですが、

「じゃ、補修がしてあるとして、それでは値段に少しぐらい艶をつけてもらうかね。いったい幾らにしてくれる。」

と鍋山の倅《せがれ》に聞くと、親爺に相談しに奥に入って行ったので、その間に二人は話をつけました。けなす方の宇田川は、笠に補修がしてあるばかりでなく、てっぺんの空輪と、受台の下の脚がどうも変だと云うのです。

それに対して珍品堂は、

「そんなことはない、絶対そんなことはない。もし贋だったら、約束の古器物のほかに、この前お前さんのところから貰った碁盤も添えるから」と折れて出て、

「じゃ、承知しました」と契約を成立させました。

そこへ倅が奥から引返して、

「それでは一万円お負けいたしまして、二万五千円にいたします。親父が云っていますが、それ以上はお引きできません。」

そう云ったので、珍品堂は宇田川の出してくれた二万五千円の金を払いました。

親爺が礼を云いに出て来たので、どこからこれが出たのかと聞くと、京都の可部という株成金のところから出たそうでした。燈火の器を集める道楽があった人でしょう。その人が亡くなったので、未亡人が一括して売ったのです。いい道具はいい道具屋へ売り、ぼろ道具で仕方がないと思う物をごみとして鍋山へ売ったのです。そのとき鍋山は、いろんな燈籠を三十燈ばかり買ったそうですが、そのうちで目ぼしいのは、この室町の燈籠と、もう一つ桃山時代の燈籠だったと云っていました。しかし桃山なら、

どこへそれを売ったと、目の色を変えるほどのことはないのです。

珍品堂は出来あいの箱を鍋山に譲ってもらって、大事な買物を納め、セロファンの切屑を詰めて用心堅固に自分で縄をかけました。それから二人で外に出ると、宇田川が田村町の折口という金物屋へ寄るというので珍品堂もつきあいました。その道すがら宇田川が云うのです。

「どうも、幾ら考えても可笑《おか》しいね。あなたという人が、贋物を持つことはないだろう。あなたのような目利が持つ物じゃありませんよ。なんだったら、のりになりましょうか。」

のりというのは、二人またはそれ以上の人間が協同で何かすることです。催合《もやい》と同義語です。

珍品堂は宇田川の内心がわかったので、

「お前さんが、贋物ののりなんかになる必要ないだろう」と話を逸《そ》らせました。

それと云うのが、宇田川は田村町の折口金物商店へ燈籠を納めようと思いついたのです。折口商店は日本でも有数な金物屋で、たとえば扉の精巧な鍵だとか扉のハンドルだとか、煖炉の焚火道具だとか、洋風建築に必要な部品を作らせて売る店で、洋風建築の精巧な金具類は、たいていの建築師がこの店に頼っている。大変な金持です。ここの旦那が骨董が好きで、宇田川は出入りの骨董屋だものですから、室町の燈籠を折口旦那に納めたいと云うのです。しかし偽物の燈籠をつかませようという魂胆でなくって、金物としての絶好な参考品を納めようというわけだから、やはり旦那に忠義を尽すつもりであったのです。

珍品堂は燈籠を東京の自宅に置いて下田に引返し、温泉旅館の勤めは女房に任せることにして、その翌日、自分だけ東京の自宅に移りました。掘出し物に味をしめて心機一転したのです。新橋で料理屋をしている女に心をひかされているためもありました。

宇田川には室町の机と箸置だけ譲って、燈籠の真贋が確定するまで約束通り碁盤は譲渡保留にしておきました。これが宇田川の心証を悪くしたようです。心証を悪くしたとすれば、一日も早く燈籠を偽物だと確定させたい気持もあったでしょう。あれは銘があるからいけないと云って、骨董屋仲間や出入りの旦那の間に告げ歩くので、あいつ、あんな贋物を買いよって、と珍品堂のことは悪評嘖嘖《さくさく》です。あいつ、馬鹿なもの買いよって、二万三万でそんな燈籠があるものかと物笑いの的でした。

尤も、そのころは偽物の製造が盛んでした。平等院の風鐸《ふうたく》とか、春日神社の油差とか、埴輪だとか、いろんな偽物が出廻っているときでした。平等院の風鐸には、銘が入って年月日まで彫りこんである。これは主に関西方面に出廻っていましたが、色も紅の真新しい紐をつけたりして新しい桐の箱に入れてある。どんな素人が見たって首をかしげる代物です。だから銘の入っている下げ燈籠だと聞かされると、実物を見ない者は、神社仏閣の軒に下げるという話から平等院の贗の風鐸を聯想するでしょう、おや、あの風鐸と同じ手のものかと思うだろう。そう思われるとすれば、当人は全くやりきれない気持である。よろしい、今にまた何か珍品を掘出してやる。そういう気も湧いて来たのです。

そのころの贗物と云ったら無茶でした。つまり需要者の方で見さかいがつかないのです。春日神社の油差についても、ずいぶん人をくった話がありました。本来、この油差は、お茶道でやかましいから、骨董品としてもやかましい器物です。竹が節《ふし》のところから二本の細い枝を出している。竹で節つきで筒切りにして、その節の細い枝をほんの少し残し加減に切って、しかしその先に残した皮をずっとそいで、ぐるぐると筒に巻きつける。昔、春日神社で燈籠の油皿に油を差していた道具です。幾つも立ち並んでいる常夜燈に付随する器具ですが、現存するもので一ばん古いのは足利期のものでしょう。今、松永さんが懸花活《かけはないけ》として古いのを一つ持っている筈ですが、もし、こんなのが売りに出されるとしたらお茶人が怖いほどの凄い値をつける。ところが、変な道具屋が「油差なら、ありまっせ。必ず、或るところから見つけますから」と云う際は、模造師に頼んで模造させているのです。作った新品を二年くらいも川底かどこかに埋めておいて、真物と区別がつきにくいようにしてから持って来る。同業の骨董屋でも、がくんと食らいついて騙《だま》されることがないとは限らない。

こういう模造品は殆ど全部が或る県の或る町で作られるのですが、その町の或る大きな道具屋では、補修専門の職人を使って古器物を修理させている。模造のうまい腕達者な職人を使っている。こんな職人には模造品の注文が多いから、模造品の製法も次第に発達するのが道理です。しかし骨董屋の見損いから、ろくでもない物を名品あつかいにする滑稽なことも出て来ます。

まだ戦争中のことでしたが、珍品堂が横浜の宇田川のところへ行くと、宇田川が桐の箱に入れた火箸を見せたことがありました。竹の柄がついていて、先が打物になっている火箸です。柄のところが春日神社の油差の製作手法に似て、竹の枝の皮がぐる

ぐる巻いてある。これもお茶道でやかましい道具です。宇田川は更紗《さらさ》の袋に入ってい
る火箸を恭《うやうや》しく箱から取出して、
「これは足利期のお燈明差の花活と同じ手法だから、足利の美術品です。間違いな
い。」
固くなってそう云うので、見ると足利期の油差の手法に似通って、同じように落着
いた古色を持っている。値段は幾らだと聞くと、
「巡査の月給一箇月分です。」
と云うのです。
シンガポールが陥落した直後のころのことで、国民は前線の兵士の労苦を偲んで自
粛するようにと云い聞かされていた当時です。明るい廊下に持って出て虫眼鏡で念入
りに見てみました。すると、ほんのちょっと赤い色が見える。竹の柄にぐるぐる巻い
た皮が一箇所すこしゆるんでいる。そこのところに漆か何かの赤い色がちょっと見え
る。それで買わずに帰って来たものの、しかし真物かもしれないと思いながら、幾ら
の日数を過したかしれません。
それから暫《しばら》くたって王子製紙の羽村さんのお宅へ伺うと、応接間の支那火鉢にその

火箸が差してある。宇田川のやつ、このお屋敷へ出入りを始めたなと思って、その火箸で炭のつかみ工合を試していると奥さんがお茶を持って来た。

「奥さん、失礼ですが、この火箸はどういう経路から、ここにあるのでございます。」

珍品堂はそう云ったが、ちょっと開きなおったような口吻でした。しかし奥さんは、何のこともなさそうに云うのです。

「その火箸は松坂屋で買って参りました。お気に召したら差上げますよ。うちには、それと同じ手の新しいのが五組ございますから。」

珍品堂はぎくりとして生唾を呑むだけでした。デパート品が古くなって味が出たもので、宇田川は春日神社の油差を知っているから欲で引っかかったのです。珍品堂も正に引っかかろうとしたのですが、お互に竹で作った柄に目がくらまされて、先の打物に目をとめなかったのも変なものでした。

それで珍品堂は、ざまあ無いねという気持で、横浜の宇田川のところへ行って、

「お前さん、とんでもない物を見せたじゃないか。」

それを云い出す前に、

「やはり、あの火箸は売ったかね」と聞きました。

です。

「売った。あれから間もなく売った。あんた、買おうたってもう遅いよ。」

「誰に売ったんだ。まさか、巡査の月給一箇月ぶんで売ったんじゃないだろうな。」

ところが巡査の月給一箇月ぶんで、小石川の八重山という骨董屋に売ったというのです。

八重山というのは、目が利く上に太っ腹の男だから、大きく売ったり買ったりして今では巨億の金をためています。宇田川と云い八重山と云い、とかくこういうたちの道具屋は、天才的な目利がそうであるように勘に頼りすぎている。独自な道を歩いて行きますから、世にある在りふれたものは面白くない。独特な物を見つけることに興味を覚えます。売立会や展示会にさらされて、多くの人の目に触れた品物には大して食指を動かさない。この傾向は多少とも旦那衆の間にも行きわたっているようです。

珍品堂の友人のうちに、天才的な目利の男で山路孝次という男がいます。これは骨董屋ではなくって洋画家ですが、珍品堂が学校先生時代から骨董好きの仲間としてつきあって来た親しい友人です。仲がよすぎるためか、お互に相手を口惜《くや》しがらせて喜んでいる間がらです。いつかも珍品堂が、うんと山路に腹を立てさせたことがありました。この二人は碁を打つときにも口喧嘩をする。山路は珍品堂よりも六目くらい弱いんですが、下手の横好きだから口惜しがって云ったものでした。

「俺はもう碁は嫌いだよ。もう知らねえよ。しかしね、お前が本当に打とうと云うなら、賭碁《かけご》で来い。賭碁でなら打ってやるよ。」

それで、初めは煙草を十個ずつ賭けることにして、燐寸《マッチ》の軸木を煙草の代りにした。ところが珍品堂が勝ち込んで行くにつれ、山路は賭を倍々にして、いっぺんに元を戻そうとしているのです。燐寸の軸木が珍品堂の手元にどっさりたまりました。

「お前、やけのやんぱちだな。そんなに賭けたって、こんな何百箇も煙草が買えるのか。」

そう云うと、山路は金なんか持ってないと嘯《うそぶ》いている。

「じゃお前、そこにある椅子を賭けろ。お前、今までに幾ら負けたって、俺に金を払ったことがないよ。」

「金なんか、ねえから払わねえのさ。」

「お前、俺が負けると、遠慮会釈なしに何か品物を持って行くだろう。その場にあるものは、なんでも持って行く。お前が負けると、すっぽかして、タンマだと云うのがおきまりだ。」

「お前の、そういう口惜しさはわかるよ。わかってやるよ。俗物の口惜しさというやつだよ。それがわからなくってどうすると云うんだ。」

それは山路のうちで対局しているときでした。珍品堂は口惜しくてならないので、こいつ、いっぺんやっつけてやろうと思って物色すると、その部屋にはウィンザーの一脚十万円くらいの椅子やテーブルなんかがあった。その椅子を四脚とテーブル一脚を賭けて、山路を負けにさせました。いつだって山路は、負けても賭けた物をよこしたことがなかったので、珍品堂は翌日の朝早く山路のうちへトラックで乗りつけ、細君に戸を明けさせて、

「昨日、俺は賭碁に勝って椅子とテーブルを取ったから、貰いに来たよ。貰って行っちゃう。」

と、山路が目をさまさない間に、どんどんトラックに運ばせて、自分のうちへ持って帰った。

すると山路が、夕方ごろ珍品堂のうちへやって来て、仕様がなさそうに云うのです。

「あれは売らないでおいてくれ。俺が買いに来るからね。必ず来るよ。」

「そんなこと云ったって、お前なんか金がないから買いに来れないだろう。でも、来

たら売ってやらないものでもないよ。」

これで珍品堂は溜飲を下げたので、山路が受出しに来るのを心待ちにしていましたが、二週間たっても三週間たっても来ないのです。山路は稼ごうと思えば、デザイン描いても、または骨董を一つの店から次の店へ動かしても稼げるのですが、口惜しがっている筈なのに超然としているように見せて受出しに来ない。人の上手を行くのです。山路の意地っぱりには相当の奥行があるようです。何という土性骨だ。山路は不断から人の前で激昂したところなんて見せないのです。そのくせ年に似合わず底ぬけのロマンチストです。

では、もっと口惜しがらせてやれと、珍品堂は椅子とテーブルを知りあいのお屋敷へ納めてしまった。それで山路は口惜しくて仕様がないのです。歯ぎしりするほど口惜しかったことでしょう。ぶらりと珍品堂のうちへ遊びに来たような風をして、持って来た安い火箸と高い火箸を取りかえて持って行ってしまった。

「この野郎、俺のところへ来て、妙な口惜しがらせをしやがった。」

今度は珍品堂が山路のところへ遊びに行って、

「おい、このコップ貰って行くよ。」

フランスのバカランのいいコップですが、これを持って来てしまった。山路は日常でも凝ったものを使っているのです。

今度は山路が珍品堂の留守のところへやって来て、例の碁盤を持って行ってしまった。もう骨董屋の宇田川には譲らなくてもいいだろうと思われる碁盤ですが、もしものこともあるだろうし、腹も立つので山路のところへ取返しに行くと、碁盤のおもてを鉋《かんな》で削って藤原の仏像を置いている。しかも山路のやつ、泰然とそっくり反って煙草をふかしながら云うのです。

「おい顧六、この台はいいだろう。仏様を乗っけるのに、ちょうどいいだろう。」

「ああ、いい台だ。くすぶった仏様は、削りたての榧《かや》の木の台に乗っけると、いっぱし引立って見えるもんだね。」

珍品堂はそうは云ったものの、この野郎、俺の碁盤を持ってって削りやがって、何を云ってやがるんだ。今度は何を持って行ってやろうかと物色したが、ちゃんと心得て部屋のなかを片づけている。碁盤の上の仏像の他には、目ぼしい物と云っては部屋の隅に落ちているマフラーだけでした。それはメーレーのイギリスのホームスパンで凄く綺麗です。メーレー夫人の世界的に有名なマフラーです。これならどうだと、それを持って来てしまった。そのとき帰りぎわに、ふと珍品堂が振返ると、山路はぼんやりしたような顔で仏像の方を見ていました。確かに所在なさそうな恰好でした。

この山路孝次の古くからの友人に、骨董鑑賞の上では素直な目を持っている来宮《きのみや》竜平という男がいます。珍品堂とも共通の友達ですが、来宮は骨董屋ではなくって、大学で哲学を講義している堅気の先生です。哲学研究の傍ら文学的な著述もして、その印税をすっかり骨董に注ぎこんでいるのです。こんなに骨董の好きな大学教授は珍しい。たとえば、好きな瀬戸物か好きな絵が見つかると、すっかり惚れこんで、逆とんぼする思いで自分の住んでる家を抵当に入れるといった式の先生だ。

来宮は今でもそうですが、学生時代から激しい読書家で激しい勉強家でした。骨董など玩弄《がんろう》するたちではないような学生でした。それが自分の思いを致している女に振られてから、どかんと骨董が好きになって珍品堂や山路の仲間に入って来たのです。「骨董は女と同じだ。他の商売とは違う。変なものを摑むようでなくっちゃ、自分の鑑賞眼の発展はあり得ない。骨董にも女にも、相場があるようで相場がないものだ。持つ人の人格で相場がある。なるほど骨董に惚れたとする。惚れるから相場があり、自分の発展がある。しつこく掛合っていると、いつかは相手が売ってくれる。いつかは相手が、うんと云う。」

これが骨董に対する、学生時代からの来宮の持論であるのです。

無論、珍品堂もこの説に異存のある筈はない。自分は在りふれた骨董には手を出さないが、どこかちょっとでも普通と違った良さを持ったものには惚れこんでしまう。それを買って来て一人で愛玩するのですが、誰か素直な目を持つ人にちょっとでもいいから見てもらいたい。来宮の譬喩するように、それと通ずるものがある。掘出しをするたびごとに、つい来宮にちょっと見せたくなって来るのです。だから、掘出しをして骨董屋の店を出て来ると、学校にいる来宮に電話して、その辺の飲屋でその骨董をちょっと見せることも再三再四ありました。

「うむ、大したものだ。」

来宮に一言そう云ってもらいたいだけのことでした。

そこで問題の燈籠ですが、これも来宮にちょっと見せたくなって電話をかけました。

「学校の帰りに寄るよ。お前さんの燈籠の話は、もう山路から聞いて知ってるよ。しかし贋物じゃあ興ざめだからね、つい知らん顔していたよ。四時ごろ行くよ。」

来宮がそう云って電話を切ったので、燈籠の悪評はもう相当に云いふらされていることがわかりました。骨董屋の宇田川が、意地ずくのように贋だ贋だと云いふらして歩いている。それが目に見えるようでした。

燈籠を買って来てからというものは、もう珍品堂は四日も五日も付きっきりでそればっかり見ていました。床の間には花壺に古木の感じの出る松を活け、掛軸をはずして落懸《おちがかり》に自在で燈籠を吊して眺めつづけていたのです。昼間でも雨戸をしめて暗くした部屋のなかで、燈籠の火屋に蠟燭の明りをつけて倦かず眺めておりました。もうどのくらい眺めていたか知れません。ぽかんとして毎日それを楽しんでいるのでした。

火屋の内側は漆塗りですが、漆は天井と六方の隅だけに剝げ残って、漆の摺剝げた部分に古色を帯びた鉄錆が出ていました。油皿を載せる受輪が中間に浮いていて、蠟燭はその輪を身辺に控えた工合に立っている。火屋の明り窓は、蔀戸のような四角いのと菱型のが一面ずつ互い違いになっている。真暗な部屋のなかですから、火屋の窓から漏れる明りに風情がありました。藤原時代の古建築の夜景は、こうでもあったろうかと思われるほどでした。おぼろ夜の堅田の浮見堂を髣髴《ほうふつ》するところがありました。床の間にある活花の松の梢に僅かな明りを落します。燈籠の笠がほんのり明るく闇を区切って、それと松の梢が昔の人の噂をしているような風情です。

　来宮は約束通り四時に来ました。外はまだ明るいのに雨戸をしめていましたので、「ずいぶん、凝ってるな。お前さんのことだから、たいていこんなことだろうと思ってた」と部屋に入って来ました。

　来宮は暗がりに馴れるのを待って、

「うむ、窓の明りもいいが、あそこも悪くないな」と云いました。

　笠の軒の線を云ったのです。来宮は暫く黙って見ていましたが、

「これを電気の明りに晒《さら》したら、どんなことになるんだ。晒してみるかね」と電気をつけました。

　明るみで見ても堂々たる風格を持っています。願主の銘で見ると、この燈籠は坊さんがお寺に燈明を献ずる意味で奉納したものと思われます。報恩のためか、菩提を弔うためか、または修業の過程を終った記念に献じたものだろうか。とにかく大きな伽藍の大きな軒に下げるのだから、軒下から見上げた景色も重んじて作製されているのだろう。だから石を刳《えぐ》って懸燈籠に代用させるよりも、このままに素の姿で鑑賞する方がいいわけだ。

来宮は肩で息をしながら見ているばかりでした。くたくたになるほど感心していたのです。明り窓一つ一つの配置が得も云われない。

「応永二十二年と云えば、元亀・天正のころの名工がまだ生れる前だろう。これはすごいぞ。」

来宮は銘を見てそう云いました。

昔の彫金術によるのですから、明り窓の打抜きも鏨《たがね》に頼っているだけです。しかも壮快な感じの仕上りに打抜いてある。今なら誰しも糸鋸《いとのこ》で切るところです。昔の技術はすっかり廃《すた》れてしまいました。

「ところで、儂《わし》はすごい徳利を見ましたよ。酒徳利だ。」

ふと珍品堂が、隠しておきたいことを口に出すと、

「備前かね、大きさは」と来宮が目を光らせた。

「備前です。二合ちょっと、二合五勺くらいかな。買おうか買うまいか、と迷ってるんだ。」

「窯《かま》じるしは、どんな風だ。」

「それがね、窯じるしは無いんです。色は大体のところ黒っぽい。赤と黒のところへ、

青みをもって白っぽく、まんじゅう抜けが見えている。」

「なぜ買わない。どこにあるんだ、おい、俺に教えろよ。」

来宮が膝を乗りだして来た。その勢いでは、これからすぐにも買いに出かけそうな恰好に見えたので、珍品堂はにやにや笑いにごまかしておきました。

場所を教えては来宮に買われてしまいます。彼が遣繰《やりくり》算段しても買ってしまいます。

珍品堂は金の工面がつかないから、話だけでいい気持になっていたのです。

窯じるしのない備前なら、足利以前のものにきまっていると見て差支えない。当時は陶工が個人で窯を焚いていた。後世、陶工が工業的に幅を拡げて共同で焚くようになってから、製品を自他区別するために窯じるしをつけるようになった。来宮が窯じるしはないと聞いて膝を乗りだしたのも無理がない。

こうなれば珍品堂は人が悪い。

「その徳利を持っている人は、京都から買って来たと云ってましたよ。透漆《すきうるし》の野弁当箱に入れてあったんですが、箱と中身がぴったりした感じだね」と来宮を羨ましがらせてやった。「地味な色の徳利だからね、それでお燗するときには、猪口《ちょこ》は派手な方がいいだろうな。一つは赤絵の猪口、一つは黄瀬戸のぐい呑、一つは唐津だね。あんたと山路が客に来たら、そういうことにして酒を出しますかね。」
「勝手にしやがれ。まだ買いもしないくせに、鷹揚なこと云ってるよ。」
来宮は苦笑して、珍品堂がジョニオーカーの瓶を明けると云うのに帰ってしまいました。

善は急げです。珍品堂は戦前から持っていた藤島武二の油絵を売って都合をつけ、その備前の徳利を持っている杉並の神山という洋画家を訪ねました。ところが、どこから嗅ぎつけたのか、小石川の八重山と麻布の岡崎が、昨日、その徳利を見せてくれと云って来たそうでした。では売ったのかと意気込むと、神山さんの云った値の三分の一に値切るので売らなかったと云うのです。珍品堂はほっとして、言値の二分の一で買いました。

自分のものにしてみると、また格別の趣が出るものです。さっそく家に持ち帰り、お燗をつけて持ち工合を試してみると、ちょうど程よい重みだから手ごたえがたまらない。酒が徳利の口からおっとりと流れて出る。これを八重山ともあろう骨董屋が、神山画伯の言値の三分の一に値切ろうとした気がしれない。尤も備前焼などというものは、景色に対する各人の好みによって、付ける値段に差がつきます。景色、つまりアブストラクトですから、人によって値段に差異が生じ、人間か猿か、毛三本の差できめるように、火変り一つで値段に大きな差が出て来ます。値をきめるのは芸術です。これが唐三彩《とうさんさい》や白磁なら、骨董屋は着色写真を見るだけでも値をきめる。

珍品堂は掘出し物をするたびに、嬉しくって気がそわそわして次の掘出しを窺って骨董屋へよく出かけます。犬も歩けば棒に当る。つい足が小石川の八重山のところへ向きました。

「お前さん、杉並の画伯のところへ行ったそうだね。どうしてあの徳利を買わなかった。お前さんの百二十万円のおあずけ徳利よりも、まだ時代も古いし、いいものだ。俺が買ってしまったよ。」

八重山にそう云ってやると、

「そんなにいいものだったんでしょうか。そうかね、もう一度、見てみたいな。では拝見に参ります」と云って見に来たので、時代や火変りの講釈をやりながら見せてやった。

「なるほど、よくわかりました。」

八重山が感心したように徳利を撫でさするので、

「では、百三十万円で買え」と云ってやると、

「そんなに云わないで、それの三分の一ほどにして下さい」と小さな声で云う。

無論、珍品堂は売らないで自分の晩酌用に使いました。そうして一年あまり使ったころ、桜の花の見事な金尾さんのお宅へ時候の挨拶に出かけると、

「このごろ何か珍しいものはないか。あったら見せてくれ。戦後は、さっぱり珍しいものを見かけない。」

金尾さんが餓えたようにそう云うので、

「備前がありますが、売物じゃございません。二合五勺入りの徳利です。お見せするだけです。」

と、その翌日であったか持って行った。

金尾さんは人格円満な人で、私設の民芸美術館を自宅に持っている篤志家です。工芸美術については実に詳しい人で、特に陶器の鑑賞家としては権威です。珍品堂も学校先生時代には、しげしげ金尾さんのところに出入りして、陶器について教えを受けました。そのころ山路も頻繁に金尾さんのところに出入りしていましたので、山路と珍品堂は同門の弟子という間がらであるのです。

金尾さんは、珍品堂が透漆の野弁当箱から徳利を取出すと、

「これ売ってくれ。」

と、一と目で手に取りました。

金尾さんの鑑賞眼は大したものですが、民芸館を維持する費用に追われているので貧乏です。珍品堂はそれをよく知っていますから、失礼ながら、かつての恩師に向ってこう云った。

「私はそれを安く買いましたが、あなたは貧乏ですから買えません。」

しかし金尾さんは叱らないで、徳利を持ったが最後、手から放そうとしないのです。

「これは、どうしても僕のところの美術館に保存したい。これを見たのは僥倖だ。値を聞かせてくれ。」

「いや、売らないのですから、値は云えません。その徳利を、あなたの手から放して、私に返して下さい。」

「いや、返さない。足利時代のおあずけなんて、滅多に世にあるものではないからね、千載一遇だよ。これは、あばら家の莚畳《むしろだたみ》の上に置いても、おさまりがつくだろう。日本の民家によく映るよ。」

「それは、高貴の人のお膳に載せても、よく映りますね。」

「そうだ、美術館のケースのなかに入れても、よく映るだろう。君、頼むから、美術館に寄付するつもりで値を聞かせてくれ。」

「では、寄付するつもりで云いますが、十五万円です。失礼ですが、是非とも買うと仰有るなら、即金で願います。十五万円なら、安くってこたえられんでしょうが。」

金尾さんは喉をごくりと云わせ、嬉しそうに首を縦に振りました。

珍品堂としては、自分でさんざ楽しんだ道具です。安く売っても元は取れているようなものですが、不思議なもので、そうは行かないところが骨董であるのです。つまり来宮の持論の通り、自分の好きな女に逃げられて行くような気持でした。いよいよ別れるとなると、どうしても金銭ずくでは割切れないものがそこにある。しかし自分がそれを手に入れるときには話はまた別で、やはりこの場合も来宮の持論が適用されるような気がします。

金尾さんは十五万円の金を工面するのに相当の苦労をしたようです。たぶん駈けずりまわって集めたのでしょう。その翌日、使いの人の持って来た紙幣にも、ありありとその苦労のあとが出ているように見えました。よれよれの千円札や、ぱりっとした百円札や、いろいろ取りまぜて大型のハトロンの袋に入れてありました。

この備前の徳利は今でも金尾さんの美術館に保存されています。金尾さんの云ったように、硝子ケースのなかに入れてあってもおさまりが悪くない。この徳利が珍品堂の所有になっていた一年あまりのうち、珍品堂を訪れて来た人たちの何割かは、この徳利の燗酒を赤絵か唐津か黄瀬戸の猪口で飲まされている。来宮も山路も、小石川の八重山も、横浜の宇田川も、二度や三度は偉そうな講釈を聞かされながら飲まされている。あるとき、山路がその徳利の燗酒を飲まされながら、いつもと違って妙に廻りくどく云ったものでした。

「おい珍品堂。お前、新橋のガード下の女に、この徳利でお酌してもらいたいだろう。お前がこの徳利を俺に売れば、俺のうちにお前とガード下の女を呼んで、お前にお酌をさせてやるよ。お前にしてみりゃ、それで酒池肉林さ。俺にこの徳利を売らねえか。」

「廻りくどい筋書だな。それじゃ、俺がこの徳利をガード下へ持ってって、女に酌をさせたらどんなもんだ。」

負けずにそう云ったことですが、ガード下の女というのは新橋で料理屋をやっている例の女のことを云うのです。ガード下に店があるんじゃなくって、新橋の駅の近くにある「三蔵」という、ちょっとした小料理屋です。女は佐登子という名前です。しもぶくれのした準旧式型の顔だちで、あまりお上手の云えない気のいい女です。

赤坂で芸者していたころの佐登子は三蔵という名前でした。旦那は停年に近い官僚だということであったのです。戦争が始まって間もないころ、その旦那の子を産んだので、シンガポール陥落のころにはまだお座敷を休んでいたようでした。

初めて三蔵に逢ったのは、そのころまだ学校先生していた珍品堂が、九谷太郎という元の教え子の父親に招かれた席でした。九谷太郎が陸軍少尉として召集されたので、九谷の父親が倅の元の担任先生であった珍品堂を招いて、赤坂のお茶屋で倅の壮行会をやりました。そのとき珍品堂は、先生先生とちやほやされたので、その翌日、お礼の意味も込めて出征軍人の九谷に一振の古刀を贈りました。すると間もなく、九谷少尉の乗った輸送船が沈没したということで、九谷の父親が倅を弔う会を赤坂の同じお茶屋で催して珍品堂を招待してくれました。来た芸者たちも、前の壮行会のときに来たのと同じ顔ぶれでした。

当時、九谷太郎の父親は自分の持っている三隻の汽船を軍に徴用され、それから揚がる収益が相当なものでした。一方、軍需品の製造会社にも二つか三つか関係して、金がだぶだぶ入るので派手な宴会を催したり骨董を買い集めたりしていました。しかし貨幣価値の下落を予想しての買い集めで、骨董を愛玩するためではない。鑑賞眼があるわけでもない。だぶつく金を銀行に預けるより得だからというだけのことでした。それで倅を弔う会のとき、たまたま珍品堂が書画骨董の話をすると、これは重宝な人間だとばかりに、爾来、すべて買い集める骨董の鑑定を珍品堂に頼るようになりました。それも金銭本位のことだから、珍品堂に骨董屋と直接交渉させるのではない。毎週火曜日の夜、三人の骨董屋に赤坂のお茶屋へ品物を持込ませ、自分の目の前で珍品堂に鑑定させていたのです。その席にはいつも二人三人の芸者がいて、三蔵だけはいつも必ずいた。当時、まだリベートという言葉は日本に来ていなかったが、骨董屋たちは珍品堂の御機嫌を買うために、三蔵を珍品堂に焚きつけるような言行を見せていた。

もうそのころには、芸者たちもすべてモンペをはいてお座敷に出ていました。自粛というので歌も三味線も遠慮して、お客が酒を飲みはじめると芸者は漸《よう》くモンペを脱ぐのですが、三蔵だけはいつもモンペを脱がないでお酌する。あるとき、婆さん芸者が三蔵のその固苦しさを弁解するように云ったことがある。あるいは珍品堂に警告の釘を刺すつもりかも知れなかった。

「あの妓は旦那がありますが、なかなかの旦那思いでございますよ。ちゃんとお役所の命令通り、どこのお座敷に行ってもモンペを脱がないんですよ。旦那が然るべき人でございますからね、もしものことを思っているんでございますよ。」

そう云ったことがありました。

骨董屋たちも珍品堂が三蔵に気があると思いこんでいる風でした。珍品堂と九谷の父親の前に骨董品を並べると、いつも三蔵を珍品堂のわきに坐らせるように仕向けつつ、せいぜい高く値踏みさせようと心を配っているようでした。たとえば、唐三彩の偽物の筆立を九谷の父親が手に取って見たとする。次に、珍品堂がそれを手に取るとする。そうすると、骨董屋はずっと珍品堂の方に乗りだして、

「どうです三蔵さん、この筆立の模様を見ると、ぱっとした山王様の祭の夜を思い出すでしょう。もうそろそろ山王様のお祭ですね。でも、今日はいやに蒸しますね。」

共に筆立を見るような風をして、大して蒸暑くもないのに団扇《うちわ》で三蔵を煽いでやる。

「ほんとに蒸しますわね。」

三蔵は骨董屋を煽ぎ返すわけにも行かないので、間の悪さを消すために帯に挟んでいる扇子を出して珍品堂を煽ぐことになる。しなやかな手つきで扇子の風を送っている。その女持ちの銀色の扇子は白檀の匂を漂わす。珍品堂は白檀の匂を好かないが、しもぶくれのした顔の女は好きだから、良い意味でも悪い意味でも無関心ではいられない。しかし偽物を真物だとは云えないのだ。

「この手のものは、最近、満州方面からどっさり入って来たようですね。類が多い品ですから、これはお勧めできません。しかし好き好きですね。」

そういうような程度にお茶をにごしておくのです。

尠《すくな》くも唐三彩といったような品物は、しかるべき骨董屋なら誰それのところには現在どんなものがあることくらいのことを知っている。横浜の宇田川とか小石川の八重山とか、銀座の壺井などというような骨董屋は、日本全国のどこの寺にはどんな仏具や仏像や什器《じゅうき》があるか、どこの寺の坊さんはどんな性格であるか知っている。寺の什器を売る坊さんか売らない坊さんかも知っている。ところが、そんな海千山千の骨董屋が、特異なものを掘出したい一心で時たま真赤な偽物に飛びつくことがある。泳ぎの巧者が水に溺れる譬《たとえ》の通りです。それのいい例として、骨董界の天才と云われている人たちが馬鹿な目に遭ったことがありました。

それは珍品堂が伊豆の下田へ疎開する準備をしていたころの話です。戦争がますます苛烈になって、隣組の防空演習が始まっているころでした。九谷太郎の父親も、近く伊豆の伊東へ疎開することになったので、毎週火曜日に骨董屋と逢う会がこれで最後という日のことでした。その日、九谷の父親は骨董屋の持って来た品物を、真贋とり混ぜみんな買い取って、これが当分のお別れだとばかりに名残の送別会を開きました。酒が不自由なので、お茶屋の女中が田舎から取寄せたドブロクを飲みました。しかし九谷の父親がすぐ酔っぱらってその場に崩れてしまったので、珍品堂も早く切りあげることにして、お酌している三蔵に自分の疎開する下田の町名番地を教えて玄関に出て来ると、そこでぱったり宇田川に逢いました。

「やあ、ちょうどいいところで逢いました。あなたに是非お見せしたいものがありますよ。大和古印です。明日は家にいますから。」

宇田川は連れがあったので、それだけ云うと二階にあがって行きました。

大和古印と聞いては、珍品堂はもうたまらない。太政官印とか正倉院文書なんかに捺《お》した古印には、一寸五分四方ぐらいのものがありますが、文字が奈良建築の軒の曲線を思わせる美しい線を持っています。古建築は個人では手に負えないが、古印の線を見ていると古建築を偲ぶことができるんです。筆路暢達《ちょうたつ》、まことに心ゆくばかりの限りです。今ではもう実体を見ることができないが、備後国印とか筑紫国印とか、古文書に捺した国じるしの捺印は、写真版や凸版印刷で見ても思わず惚れ惚れとさせられます。

翌日、珍品堂はモンペに防空頭巾というといういでたちで、在りったけの金を持って横浜の宇田川のところに行きました。

宇田川は錦の袋に入れたのを出して来て、

「これです」と恭《うやうや》しく袋から取出した。

見れば、麗水と細めの隷書体で彫ってある。のびのびした書風の古印で、文字の線が実に美しいじゃありませんか。はッ、美しいなあと思ったが、値段を聞くと珍品堂の持っている財布の金では半分にも足りません。どうしたものだろうと、抹茶の御馳走になりながら思案していると、運悪くそこへ小石川の八重山が来て、人の見ている前ですぱっと買ってしまったことでした。こちらは無念やるかたないけれども金がない。好きな女に振られたような思いです。その気持は、ほんとうに骨董をやらない人にはわかってもらえない。

そうすると、それから一箇月ばかりして、珍品堂は学校の事務関係の用件で京都へ出張させられたので、ついでに大阪へ掛軸を買いに行きました。楳元《うめもと》という専門の店がありまして、その店で何か掛軸を買おうと思って行ったのです。すると、こういうものが出たのですがね、と見せたのが錦の袋に入れた麗水なんだ。

「いったいこれは、どうしたのか」と魂消《たまげ》ると、

「東京の八重山さんのところから、二三日前に買って来ました。八重山さんが横浜の宇田川から買って来たそうですが、関西方面に向く品だと云うのです。幾らですと云ったら、宇田川さんで買った値段で宜しゅおますと云われたんで、それじゃ私がいただきますわと、買って来たのです。そうしたら、いや、しかし珍品堂先生なら、買値の一割ほど儲けさしていただいて結構ですな。」

そう云うので、逃げようとする女を抱きとめるような思いから、不足の金は後から送ることにして買いました。非常に嬉しい気持でした。

例によって、さっそく来宮に見せますと、来宮は、「はッ、これは」と云って、たちまちくにゃくにゃです。いつまでたっても、「見事なものだ。すげえなあ、いいな

あ、いいなあ」とばかり云っている。来宮は頻りに欲しがっていましたが、当時は来宮の著述なんか国策の線に添わないから売れないんで金がない。こっちは得意になっているのです。

珍品堂は間もなく下田に疎開して、戦争中もずっとその古印を持っておりました。空襲警報が鳴ると、この古印と室町の花壺を持って防空壕に飛びこんでいた。そのうち戦争がすむと、興津《おきつ》の醬油屋の旦那が商用で下田にやって来た。

この醬油屋さんは骨董の目利です。また、大変な金持だ。この目利の旦那が珍品堂の差配している旅館に泊ったので、かねて顔見識りでもある仲だから自慢のつもりでその古印を取出して見せた。すると醬油屋さんはちょいと手に取って、

「へえ、これが大和古印ですか。」

けろりとした顔で云うのです。

「私のところは醬油屋です。なにしろ徳川中期からの醬油屋ですからね。こんなものは、どっさりありますよ。」

まさかそんなことはないだろうと驚くと、

「いや、昔は醬油の四斗樽《しとだる》へ、レッテルの代りに、こんな焼印をぽんぽん捺《お》しており

ました。明治時分にも捺していましたから、使い古しの印が、うちにはたくさんありますよ。」

そう云うので、それは容易ならぬことだと醬油屋さんについて興津へ正体を見とどけに出かけました。昔の人が醬油樽や酒樽に焼印を捺したことは、珍品堂は読んだ記録の上では知っておりました。焼印は天平時代にもあったという記録が残っているのです。農村では、下駄や水桶や天秤棒や鍬の柄なんかにも、ごく最近まで屋号のしるしを焼印で捺す風習がありました。東京でも下町では、最近まで下駄に屋号のしるしを焼印で捺している人がありました。けれども、大和古印と醬油樽の焼印が同じ手のものだとは寝耳に水でした。これこそ重大問題だと固くなっていると、醬油屋さんが、くたくたの縄にからげたものを倉から出して来て無造作に縁先の踏石の上に放り出して見せました。それが古印と同じものなんです。いくらか型が小さいだけで、小さいけれども六つも七つも八つも一とからげにされている。ほんとうにもう身の毛のよだつ思いでした。宇田川といい八重山といい、大阪の楪元といい、小僧っ子から叩きあげた有数の目利ですが、まんまとそれが一ぱい喰わされている。

ところが珍品堂が下田に帰って来て暫くすると、横浜の宇田川がやって来て、今回は是非ともお願いしたいことがあると云うのです。

「何だね、室町の花壺か。あれなら売らないよ。」

と涼しい顔をしてやると、

「いや、花壺ではない、大和古印です。あんた、大阪の楳元から買ったそうですが、あれを私が買い戻したいんです。」

さあ、これは面白いことが始まったと思いました。


これが一般の取引なら、その大和古印は贋物だと宇田川に云うべきです。しかし骨董気違いには、親子兄弟と雖《いえど》も気を許してはいけないと云われている通り、珍品堂主人は「いい鴨だ、しめた」とばかりに顔色ひとつ動かさない。鼻ぐらいは少しぴくぴくさせたかもしれないが、知らん顔で云ったことでした。

「お前さん、大和古印を買い戻したいなんて、どうした風の吹きまわしかね。いい買手が見つかったのかね。」

「いや、そんなわけじゃないんですがね。ちょっと店棚のお飾りにしたいんでね。」

「お前さんがその料簡なら、私も手放さないとは云わないよ。もし、私の云うことを聞くならね。」

「おや、条件つきか。びくびくさせないで下さいよ。どんな条件です。」

「では、云うがね。お前さん、例の誕生仏をまだ持ってるだろう。こっちも大和古印は売るつもりはないけれど、あの誕生仏となら交換してもいいよ。」

「なるほどね。あの金箔の仏様とね。」

宇田川は胸算用する風で、ちょっと難色ありげな様子をしてみせました。しかし狐と狸の化かし合いで、珍品堂にそれ以上の条件をつけさせないように含みを持たせているわけでした。承知したも同然です。

「嫌やなら、いいよ。」

「嫌やじゃありませんよ。さっそく、現品を持って来ます。」

これで話がまとまった。

その誕生仏というのは、金箔を施した木彫で、京都の三十三間堂に安置されてあった仏像です。誰が持ち出して骨董屋に売ったか知れないが、よほど前に、もう二十何年も前、学校へ勤めはじめた頃の珍品堂が、宇田川の店で見て売ってくれと云ってもどうしても売ってくれなかった仏像です。当時、宇田川は三千円でそれを買ったということでした。気高い姿の仏像です。宇田川は自家用として拝んでいるから非売だと云って、ずっと売らずに頑張っていたのです。それを贋の大和古印の餌で他愛なく手放そうと云う。珍品堂としては二十何年ぶりに思いを遂げることになりました。

宇田川は仏教美術の上では珍品堂の大先輩ですが、贋物を摑まされたとも知らないで、

「御意の変らないうちに、誕生仏を持って来ます。」

と帰って行きました。

この人は珍品堂よりも三つか四つか年上で、いつも和服しか着ていないずんぐりした丈夫そうな男です。今でも梅干の実を割るくらいの強靭な歯を持っています。云った通り誕生仏を持って大和古印を受取りに来ると、これで助かったと大よろこびで帰って行きました。それから、珍品堂が東京に転入して、あるとき何くわぬ顔で横浜の宇田川の店に出かけると、

「おかげさまで、いつかのあの古印では儲けさしてもらいました。」

いきなりそう云って、珍品堂をぎくりとさせたことでした。

「ほんとに、あれが、売れたかね。」

「おかげさまで、右から左に売れました。すらすらっと売れたんで、売った後で急に惜しくなったほどでした。」

「売れたと云ったって、ションベンにはならないかね。」

「大丈夫、もうとっくに金はもらったし。」

「じゃあ白状するがね。私は、只で誕生仏を手に入れたようなものだよ。種を明すとこうだ。」

仏教美術の大先輩は、珍品堂の云う興津の焼印の話にびっくりしていましたが、これもうまいこと売り逃げしたくらいに思ったことでしょう。

それから十日ばかりたって、小石川の八重山の店に出かけると、

「妙なものですね。いい品物は、同じところをぐるぐる廻っているんですね。そして最後は、授かるところに授かるものなんだね。見おさめして差上げますか。」

と、得意げに出して見せたのが贋の大和古印でした。

八重山は目の利くことでは有名な骨董屋ですが、これとても見事に鼻をあかされたことになりました。さぞかし珍品堂を性の悪いやつだと思ったことでしょう。しかし骨董屋の間では、贋物をつかまされたら実力がなかったと思うよりほか致しかたない

ことになっている。そのくせ、世のなかには幾万、幾十万の点数に及ぶ贋の骨董品がある。矛盾した云いかたのようですが、古来、真物を欲しがる人があまりにも多すぎたせいではなかろうか。一面、だから真物が貴重だということになって来る。

珍品堂は誕生仏を納めるため、似合いの厨子《ずし》を巴町の骨董屋から買って来て、毎朝、その仏像に向ってお経をあげるのを日課とするようになりました。もともと、珍品堂は北陸方面のお寺の生れです。格式の高い寺の生れです。お爺さんは京都の公卿の出で、然るべき名家へ養子に行った人の倅です。お婆さんは京都の或る有名なお寺の娘です。そんな養子養女を迎えて寺格を高くしたのです。珍品堂が公卿のような夏麿という名前をつけられたのも、由緒を誇示する風儀によるものでしょう。今から半世紀以上も前のことだから、しかも片田舎のこととて格式が物を云う。村長さんも校長さんも、夏麿少年を名前で呼ぶようなことはしなかった。道で逢っても向うから先にお辞儀をして、寺男や召使たちが尊称する通りに「お若さま」と呼んでいた。出入りは駕籠《かご》に乗り、その駕籠も黄色の筋塀《すじべい》と云って黄色い筋が入っていた。

みんなのことを誰でも自分の目下だと思っていた。ところが町の中学校に入ると寄宿舎に入れられて、世の中には自分を叱りとばすやつがいるのを初めて知ったような次第であった。もう無理は通らない。その無理を通したくて仕様がない。誰かにちやほやされていなくては物足りない。いつの間にか色けづいていた。それより先に、父親が亡くなって兄貴が寺を嗣《つ》ぎ、次男の自分は邪魔あつかいにされだして、今でも珍品堂自身に云うように、さんざん女に惚れられる無軌道な青年になった。それが東京に出て、教育学を修める真似をして学校の先生になっていた。

幼名が夏麿の珍品堂は坊主名を達遠と云い、子供のときには小僧としてお経を習っていた。中学校に入ってからも休暇にはお経を教わったが、本堂の賽銭を盗んで芸者遊びをするようになってからは坊主修業に見切りをつけ、ますます兄貴から邪魔者あつかいにされだした。しかし仏様は有難いものだという気持だけは今だに幾らか尾を曳いている。たいていの善男善女は坊主がお経をあげだすと、心ならずも神妙な風をして見せるが、珍品堂が誕生仏の前でお経を誦むのは伊達《だて》ではない。女房は下田にいるし、一人暮しだから誰に聞かせるためでもない。自分で自分の誦音にうっとりしていながら念ずるのは、どうか今日も骨董の掘出しものをお授け下さるようにということの一つのことでした。これは珍品堂の妄執の致すところです。尽きせぬ業《ごう》というようなものでもあるのです。

しかし世の中は皮肉です。珍品堂が殊勝らしく朝の勤行《ごんぎょう》をするようになってからは、さっぱり掘出しが利かなくなってしまいました。いわゆるスランプなるものが来たのです。おまけに下田にいる女房から、ちかごろ物価騰貴で今までの給料や送金では暮しが立ちかねると手紙で云って来た。つづいて新橋の三蔵のおかみからは、家主や土地のボスなんか煩《うるさ》いんで、誰か相談相手がなくてはお店を続けて行くことが難しいと電話で云って来た。まるで身の振りかたを考えたいと云うような電話です。

「よし、俺も奮起一番しなくっちゃならんのだ。要するに金だ。」

そうだ、このまま悄気《しょげ》たら泣き面に蜂だ。女房のことはともかくも、徒《あだ》し女は骨董と同じようなものである。しかも贋の骨董だって、どうしても手放す気になれない場合がある。

珍品堂は一夜勘弁の末、思いきって料理屋を始めることにしたのです。戦災で焼け残っているこの地区には、戦争中まで九谷太郎の一家が住んでいた大きな邸宅があって、現在それが空家になっている。囲いの外から見た大体の見積りによると、敷地は三千坪、家屋は数寄屋《すきや》普請で四百坪の見込である。それを借りて高級料理屋を始めることにして、茅ヶ崎に隠棲している九谷の父親を訪ねると、ごほんごほんと喘息の咳をしながら父親が応接間に出て来ました。

戦争中には骨董のことでずいぶん顔を合わせていた仲ですが、珍品堂はお世辞も挨拶も殆ど抜きで用談を持ち出しました。

「さっそくでございますが、お宅さんの東京の元の御本宅を、拝借さして頂けませんでしょうか。ずっと空家になっているようですから、理想的な料理屋にして生かしたいと思います。期限は、三箇年として、御都合によっては続いて拝借させて頂きます。」

「そうですか、骨董の話でおいでになったんじゃないんですね。」

九谷の父親は骨董好きでもないのだが、がっかりしたように肩を落して見せました。

「あれを料理屋にするんですか。しかし、どういう条件でしょう。」

「拝借させて頂ければ、契約と同時に五十万円差上げます。それから、開店の日までに、私の持っている骨董の一部を売って、五十万円提供します。これで三年間だけ、自由に使わせて頂きたいんです。」

「けれどもね、あの家には、今だに台所道具を置きっぱなしにしてありますよ。」

「食器類は使わせて頂きます。」

「それでは、今すぐ契約するとしたら、五十万円という大金を君が出せますかね。」

「すぐ出せます。」

「ははあ、出来ますかね。見せてもらいます。」

「すぐ工面します。」

珍品堂は電話室を教えてもらって、同じ茅ヶ崎に住む紙屋の隠居に電話をかけました。前もって、その隠居と打ちあわせをしておいたのです。ちょっと河内山宗俊のような臭味がありますが、背に腹はかえられないんで、珍品堂の持っている骨董のうち、天平の水瓶や、弘仁の手取壺や、菊の線彫の壺なんかを抵当に入れる証文を渡しておいた。骨董好きの紙屋の隠居に文句のあろう筈はないのです。すぐ五十万円の小切手を届けに来てくれました。

「ははあ、えらいものですね。」

九谷の父親は小切手を見るとそう云ったが、

「一週間たって御返辞します。それまで、これを君に預けときます。」

と小切手を返しました。

まだ海のものとも山のものとも分らない。それでも雀躍《こおど》りする気持は隠せない。新橋に着くと、三蔵の店へ法螺《ほら》を吹きに寄りました。料亭を開業したら、三蔵のおかみを女中頭にして同棲させるつもりでした。ところが、おかみが留守だと云うのでがっかりして、なるほどおかみを喜ばせるにはまだ早すぎたと気のついたことでした。

差当り必要なことは、一週間のうちに別口の五十万円をつくることでした。売れば売れる骨董はあるけれども、いろいろ物色すればするほど売りたい品物は見つからない。とつおいつ、部屋のなかに大の字に転がって思案していると、京都の円山屋という道具屋がやって来て、何かありませんかと云うのです。途端に室町の燈籠を売る決心がつきました。

「あるよ。だけども、ちょっと小びねりして、小遣じゃなくって中金くらいが欲しいんだ。金を出せば売ってやるが、二十八万円でなければ売らないよ。」

燈籠を出して来てそう云いました。

すると円山屋が、

「今は、旅で金がないよって、私の品物と交換を願います。旅館へ帰って持って来ますわ。」

そう云ったんで、もう珍品堂は円山屋の持って来る道具が見たくって、ともかく品物を見せてくれと云ってしまいました。

円山屋の持って来た品物は、足利の金火鉢、香炉、獅子嚙《ししかみ》火鉢、蒔絵、瀬戸の摺粉鉢、藐庵の角皿、お茶道具が四点か五点。これを東京でゆっくり売れば、合計ざっと四十万円の品物です。珍品堂は燈籠と交換して、それを中通の骨董屋と小石川の八重山のところに分け売りして、残りは骨董友達の山路や来宮や、その友達の平田に売りました。以前から持っていた道具も少し売り足して、やっと五十万円つくることが出来ました。

九谷の父親は約束通り一週間目にやって来て、

「凝った、いい家に住んでるね。実業家の妾宅のようじゃないか。」

と云いながら座に着きました。

このざっくばらんの言葉つきで、珍品堂はもう先方が家を貸してくれる気だと判じました。金主の云いそうな口のききかたです。先方は珍品堂をたしなめるような口ぶりで云うのです。

「ときに、君のことを二三軒の或る骨董屋で聞いてみたが、とても評判がよろしくないね。銀行でも調べてみたが、やっぱりよろしくない。或る骨董屋に教えられて、君の行きつけの新橋の小料理屋でも聞いてみた。」

「四面楚歌です。」

「まったくだね。讃めたのは、新橋の三蔵という小料理屋のおかみだけだ。あのおかみは、戦争中に赤坂でよく呼んでいた芸者だね。実に奇遇だと思ったよ。あの女、却って若くなったようだね。」

　珍品堂は何くわぬ顔をしていました。

「あの女が、君のことを器用貧乏だと云っていたよ。君は、何か一つのことに集中すれば、持っている才覚を生かすことができる人だと云っていた。とかく人間は、才気に任してやると尻つぼまりになるものだね。」

「やはり四面楚歌です。」

「私は三蔵という女の入れ智慧《ぢえ》で、いよいよ決心したよ。この前の話のあれを、一つ君にやってもらうことにしよう。案を立ててみてくれないか。六年間に元金が取れるようにしてもらいたいね。」

　建坪四百坪の家ならば、お客を平均四十人は迎える余裕がある。そうすると、女中は三十人から四十人、調理場には板前以下十五人ぐらいの男女を必要とする。客筋は政界人と企業家と、それにつながる紐や縁故者をねらいたい。宴会客や御連中の客は揃った食器で待遇する。

「すぐ改築に取りかかるとして、いつごろ開店できるかね。」

「九月から客が動きますから、二百二十日がすんで開店の運びにしたいですね。まあ、九月十二日の開店としますかね。」

「では君の思う存分、理想的で気持のいい店を、しかも利潤をあげる店をつくってくれ。理想的に店の支度をするとしたら、どのくらいかかるかね。」

「取敢《とりあえ》ず、二百万円ぐらいかかります。」

「それを私が出そう。思う存分やってごらん。」

九谷の父親は小切手を書いてくれました。はじめ茅ヶ崎で見せ金をつくらせたのは、金持の趣味というやつで珍品堂の才覚ぶりを試してみたものでしょう。

珍品堂が借用証書を書こうとしましたところ、九谷さんは首を振って、

「そんな証文は要らん。君のように、人に頼らなければならん者が、私をだましたら一生うだつが上らんよ。損失は君の方が大きい。私の方は、たった二百万円の張りだが、君は一生涯を張ることになるよ。」

途端に父親に会ったような気持がして、珍品堂は声をつまらせて云いました。

「有難うございます。一生懸命、いいお店をつくります。」

涙がぐっとこみあげました。久しぶりの涙です。子供のとき贅沢三昧に育てられ、そのうちに邪魔っけな継子あつかいにされ、不良ぶりを経験して奔放な生活をして来た人間です。九谷さんの言葉が嬉しく身にしみました。真の親父が出て来たと思われるような気持でした。

九谷さんは座を立つと、

「あの家を、空家にしとくのもどうかと思われるからね。実は、いろいろ築地あたりの料理屋でも聞いてみたけれどもね。やれと云うのもあるし、止せと云うのもあった。とにかく、やってみてごらん。」

そう云って春のインバネスを羽織り、待たしておいた車で帰りました。

これで本当に立派に成功しなかったらどうなるか。珍品堂は心に禁酒を誓い、食器の注文に旅立つのも三等車にして石川県の山中町へ出かけました。ここは黒谷川という清流に沿う温泉地で、松材を素地にした漆器類を産出し、塗師たちが古めかしい造りの店をかまえています。そのうちの辻という店が、築地の料亭「徳悦」へ食器を納めている。徳悦の支配人と珍品堂は骨董友達だから、珍品堂も辻とは顔見識りになっている。この店を訪ねて行って、徳悦のような料理屋をやりたいからと云って食器製造の注文をすると、辻という男はかちかちに物堅い親爺だから、「せっかくですが、お引受できません」と一言のもとに断わった。

理由を聞くと、一理ないでもないようでした。辻は不断から徳悦の御《ご》贔屓《ひいき》にあずかっている。その徳悦の支配人の友達に当る珍品堂が、徳悦と競争の店を出そうとしてわざわざ当地にやって来た。いかに張りきっているかが察しられる。だから辻は徳悦に対する義理として、徳悦の競争者の注文には応じられないと云うのです。

注文の見本品を見せようとしても辻は振向かない。手付金を置こうとしても受取らない。他にいい店はないかとたずねても、この町の同業者に甲乙はつけられぬと云って教えない。

物堅い職人気質だから何と云っても聞き入れない。はるばる訪ねて行ったのに無駄足です。止むなく停留場の方へとぼとぼ引返していると、佐野という塗師看板をかけた間口の広い店先で、荷造りをしている中年すぎの男が目につきました。無精髭を生やし、いかにも実直そうな、一度も嘘を云ったことがないような、女は女房のほかには知らぬといった感じの親爺です。

「つかぬことを聞きますが、この町の塗師では、辻さんが一番でしょうね。」

その男に話しかけてみると、「そうでしょうな、辻さんでしょうな」と、びくともしないで荷造りをつづけている。

「辻さんの次は誰でしょう。」

「あとはみんな、どんぐりの背くらべでしょうな。何の御用ですか。」

「私は古い塗物を持っているんですが、それを見本にして塗物をつくってもらいたいんです。本当の漆でもって、正直に、いいものをつくる職人さんはないでしょうか。」

「ちょっと拝見を願います。」

やっとその親爺は荷造りの手をやめて、珍品堂を土間のなかに案内してくれました。見本は盆や椀など足利期の塗物で、いろんな形をしたのが三十種あまりです。それを包みから出して上り框に並べていると、その親爺の女房がお茶にラッキョウを添えて出してくれました。お茶は上等の煎茶でした。うまいなあ、と思いました。ラッキョウは小粒で飴色でした。食ってみて、世にもうまいものがあるものだと思いました。ラッキョウは、高級料理屋で三粒も瀬戸の小皿に入れてお通しに出すと、百円はお客から貰えます。この山中温泉場は砂地で乾きのいい地質だから、揃って小粒で繊維のないラッキョウが出来るんです。

「うまいラッキョウですね。どうして漬けるんです。」

ラッキョウは塩漬にしておいて、糯米《もちごめ》でつくった飴を少し入れるだけで、一年以上たってから食べるんだそうでした。この家では大家族ですから、四斗入りの大甕《おおがめ》に仕込んで、一年じゅうみんなで食べていると云うのです。

「東京の人は、ラッキョウ甕は珍しいでしょう。何でしたら、倉のなかを御覧なさって。」

親爺は倉のなかへ連れて行って見せてくれました。ところが珍品堂の出会したのは、意外にもスリルというやつでした。ラッキョウを入れた大甕が、どきりとさせられるほどに素晴しい。臍までの高さで見事な姿です。真焼の初期のものだと思われる常滑《とこなめ》です。

「いい甕だ、ほしいなあ。この甕、売ってもらえませんか。」

「周章《あわ》てないで。代りがあれば差上げますよ。」

代りは同じくらいな大きさの水甕で結構だと云うのです。たちまち、嘘のようにすらすらと話がまとまりました。

倉から出て、親爺に見本通りの塗物を四十種類つくってくれと云うと、大変な金がかかると尻込みしましたが、ぶっつけ漆と、ぬのきせと、紙貼と、この三種類つくることを承諾させました。辻さんと同じ職人を使ってやらせるそうでした。そこで手附金を置いて帰ろうとすると、この家の老婆がピースの空鑵にラッキョウをお土産にくれ、「お客さん、お静かに」と見送りの言葉をかけてくれました。

東京に帰ると、すぐに今度は焼物の注文で岐阜県の笠原へ出張です。この町は陶業の町で、全町の殆ど大部分それに関係してる業者ですが、ここには芸術作品をつくろうとして精進している古山という陶工がいる。その人のところへ注文しに訪ねて行くと、これが陶工界では名の知れた人であるにもかかわらずトタン葺のきたない小屋に住んでいる。家族は女房子供の三人で、同じ屋根下に三人の職人がいる。小屋と並んで茶屋があるが、ここだけ鉋をかけた材木を使ってある。しかし、掛軸ひとつ掛けてない。その隣の部屋に、自作の参考品を並べている。窯場を見ると、小さな窯でやっている。

珍品堂は持って行った見本を古山に見せ、こんな注文をつけました。

「あんたの作ぶりを止して、この通りの贋物をつくってもらいたいのです。名品をつくろうとせずに、あくまでも職人のつもりでやって頂きます。それを承知してもらえますか。」

古山は素直にうなずいて見せました。

見本は古九谷の猪口、伊万里の大皿、志乃の向附《むこうづけ》、飴薬の瀬戸の徳利、美濃伊賀の皿などです。古山は美濃伊賀の皿を長いこと手に取って見ていましたが、一つこっくりをしてそれを畳の上に置くと、また手に取って見つめているのでした。この皿なども、桃山時代に発達した伊賀焼の贋物で、陶工が自分の作ぶりを無視して取りかかったからこそ骨董として見られるのです。陶工が職人の道に徹していたおかげです。乾山にしても、芸術家らしさが無くなったときにいいものをつくっている。おのれを出した焼物にろくなものはない。焼物は芸術作品とは違う。要は、見る人が芸術品として感ずるかどうかであって、見る人の目の如何にある。これが焼物に関する珍品堂の持論であるのです。

「では、芸術家らしい作ぶりを封じて頂くとして、窯を新しく起さなくっちゃいけませんですな。もそっと大きな窯でなくっちゃ。」

珍品堂は窯を築く費用を手附金として出しました。焼上げの期日は、窯をつくって五月から四箇月後という約束です。

古山は名古屋者のことですから、けじめ交渉の話に取りかかる前にお薄を出したのに、またもや羊羹とお薄を出しました。茶碗は前と同じく古山の自作ですが、珍品堂は芸術家ぶったその作ぶりが気になるので、ふと思い出して鞄のなかの茶碗を出して点《た》ててもらいました。東京を出がけに道具屋で買って持っていたのです。瀬戸黒のブチワレ茶碗ですが、古山は一とたまりもなくそれに食指を動かしたようでした。

「失礼ですが、当分のうち、これを拝借させて頂けないでしょうか。御注文の品が出来あがるまで、御忠告を銘記する意味から座右に置こうと思います。本当を云えば、これを譲って頂きたいですがね。」

「その茶碗に負けないようなのをつくってもらいたいですね。しかし、御希望ならそれは差上げましょう。その代り注文の品を、期日までに間に合わして頂きます。これが条件です。」

古山はちょっと感激したようでした。それに名古屋者のことですから、注文に対する謝礼のことに話を触れ、

「初窯の湯呑を、千箇お礼に持って参ります」と云うのです。

案ずるまでもなく、古山は期日の八月下旬までに製品を持って来て、本当に初窯の湯呑を千箇お礼によこしました。製品は伊万里の大皿の写しが非常にいい出来でした。現在でも、真物の骨董として通せば通るほどの出来栄えです。

邸宅を料亭に改築するには経験者に相談する必要があるのは云うまでもないことで、珍品堂も今度の改築設計には九谷さんに勧められて蘭々女という茶の湯の女師匠を煩わしました。この女史はもと九谷夫人の茶の湯の師匠であったということですが、会ってみると今までに骨董の競市《せりいち》で見たことのある顔でした。年は四十前後、真白く脱色した頭の髪を半分から先の方だけ黒く染め、つやつやした顔色で皺《しわ》は一つも無く、相当こなれている姿体です。お茶人と見せながら、その実、店舗を持たないで骨董商を営んでいる女です。どっしりとした洋館の応接間には、渋い好みの陶器が棚の上にずらりと並べてありました。はじめ九谷さんはこの女史のことを、珍品堂にこんなふうに前ぶれしていたのです。

「蘭々女さんは要するに通人だ。そう思えばいい。青山の紅々亭も、芝の七階園も、もと大邸宅であったのを蘭々女さんの設計で料亭に改造したものだ。私の知っている限りでは、あの女性は現代での商業美術の第一人者だね。君は蘭々女さんに会っても、決して女性だと思ってはいけないよ。まぎれもなく女性だが、決して女と思ってはいけないよ。」

また九谷さんはこう云った。

「蘭々女さんの一つの欠点は、金に不自由しないのに非常に金を欲しがることだ。この前、私のところの家内が茶の間を改造するについて、蘭々女さんに設計を頼んだ。すると裏庭の眺望に対して、いちいち肯綮《こうけい》に値することを云ってくれた。ところが蘭々女さんは、話の途中、お礼金が五千円しか包んでないことに気がつくと、今まで喋っていたのにぴたりと口をつぐんでしまった。実にいいことを云うのだが、五千円のお礼には五千円ぶんしか云ってくれないのだよ。」

珍品堂は当人に会ってみて、ちっともそんな気ぶりを感得できなかった。蘭々女はお礼のことなどいっさい口に出さないで引受けてくれ、その代り他愛ないような条件を出すのでした。

「それでは料亭として御発足なさいますとき、わたくしのお願いが一つございます。

わたくしの知りあいの者で、料亭の仲居を志していた女性がございますが、それを雇っていただけませんでしょうか。いずれ仲居採用のときには、新聞広告をお出しになるんでございましょう。そのとき応募させますから、今からよろしくお願いしておきますわ。」

そんなのは、わけないことだから珍品堂は引受けた。

蘭々女は現場へ——九谷さんの旧宅へ出張して、フリー・ハンドというやつでその家屋の平面図を描き、改築案として第一案と第二案の図面を描いて見せた。ちょっとした棟梁ほどに建築図面の書きかたを心得ている。書きこんである文字も達者なものであった。第一案は連込み向きに設計され、第二案は、仲居の溜り場が玄関の近くにあって待合室が広くされていた。

珍品堂は御連中の客を期待するために第二案を採用することにした。

「余計な差出口かと存じますが、改築なさいますについて大工さんはどうなさいます。事のついでに、九谷さんに紹介していただいた方が、万一のことがあっても御都合よろしいんじゃございませんでしょうか。」

蘭々女は少し立入ってそう云った。

九谷さんに紹介してもらえば珍品堂としては気が軽くなる。金主の紹介だから、大工に万一の手落があっても金主が捌《さば》きをつけに乗り出すことになる。

「と云って、そんなことまで九谷さんに頼むのは、失礼じゃないでしょうか。」

「では、わたくしから九谷さんに申し上げて差上げましょう。このお屋敷の所有権は、九谷さんにあるんでございますからね。九谷さんとしても、贔屓の棟梁に手がけさせた方が、お気持よろしいんじゃございませんでしょうか。」

理窟は何とでもつけられるもので、とにかく大工は蘭々女の云っている筋から頼むことにした。それにつけても何か蘭々女に立入りされすぎたような気持でした。

改築工事は予定通りに進捗し、八月上旬には壁を塗りなおすことができました。料理人は、もと築地の料亭徳悦にいた勘さんというのを連れて来ることにして、すぐその下の二番目の板前は、勘さんより先に組合から実直なのを呼んで来て、あとの皿洗いたちの選定は勘さんに任せました。つまり二番目の板前が実直な目付役となるわけです。

料亭の名は「途上園」とつけました。二百十日の颱風がすぎると植木屋を入れて庭木を刈りこませ、東京の各新聞に「御座敷女中を求む」の九行広告を出しました。これも蘭々女の勧めに従って高飛車に、「良家の子女に行儀作法を教え、高給招聘、三十人募集、希望者は履歴書持参のこと。九月十一日から十四日まで面接」という意味の広告文でした。すると、十一日から十四日まで、毎日六十人から七十人の応募者がやって来て、溜り場で洋装と和服が入り混って煽風器の風に吹かれながら待っているのでした。採用主である珍品堂は、西洋間の自分の部屋に大まじめな顔で控え、これまた蘭々女の勧めに従って、薩摩上布に紗の羽織、白足袋という姿で椅子に腰をかけている。応募者は到着順に西洋間へ入って来る。珍品堂はその歩き姿や背の高さ、肉つきの良否を観察し、挨拶するときや履歴書を出すときの手つきに表情があるか無いかを見守っている。質問条項は、煙草を喫むか、酒を飲むか、父母兄弟の有無、並びにその職業について。

容色の悪いのは採用をお断わりする。阿漕《あこぎ》なことだが仕様がない。いいと思われるのは後日に母親を連れて来させることにして、母親が理窟っぽくて、ぎすぎすしていると、娘の方は別の感じでも採用しない。出戻りの者は、死に別れは別として、生き別れは協調の気がない者として採用しない。大体そんな条件で四十人あまり選択し、そのうちから自宅通勤しなくてはいけないと云う十名あまりを除いて、三十人採用したのです。

　蘭々女の説によると、自宅通勤する料亭の仲居さんは、お客の前に出てもちゃんとした色けに欠けている。ことに後姿に仇っぽさが乏しくなる。総じてお客というものは、割合に女中の後姿に風情を感ずるものである。ことに旧式の大宴会の場合にはそうである。その風情を身につけさすには彼女たちを合宿させるに限るのだ。女ばかりが一つ屋根の下に寝起きしていると、お客のいやらしさも、むさ苦しさも、つい懐しくなって夕方が来るのを待ちかねるようになる。そうかと云って、お客にべとべとしてもらってはいけないのだ。お客が冗談を云うときには女中は黙ってうつむいている。お客が手を握るときには逆らわずにそばに寄って行き、相手が気を許した隙に、すっと立って知らぬ顔。

　これもやはり蘭々女の考案による行儀作法であるのですが、もう珍品堂はそんなこまごましたことまでこの女史の提案に支配されるようになっておりました。なぜそんな取合せになったかと云うと、要するに原因は女史の腕前にあったと思われるのです。お金の苦労も少しは手伝っているようでした。はじめ珍品堂は途上園の改築設計について蘭々女を訪ね、一緒に現場へ出かけて行くとき骨董屋の飾窓に仏像があるので車を停めました。これがそもそもお金の苦労をさせられるもとでした。その仏像は白鳳仏を五分通りほども真似た贋物でした。

「なあんだ、土産物か。それでも割合うまく真似てますな。」

珍品堂が車に入ってそう云うと、女史が上の空のように、

「白鳳仏でしたら、四谷の質屋さんが質流れをわたくしのところに持って来ておりますわ。わたくしに買えと云うんですけれど。」

質流れと云えば、寺から盗み出させて来たものかもわからない。珍品堂は頬がぴくぴく動くのを覚えました。

「その白鳳仏、どのくらいの背の高さです。どんな顔していますす。」

「一尺二寸くらいの高さですわ。顔は新薬師寺の御本尊そっくり。」

新薬師寺の本尊なら、珍品堂も博物館の展覧会で見たことがある。高さは二尺五寸か六寸、頬に微笑を湛えていた。

「その仏像が、お宅に持込まれて来ているんですね。眼福にあずからせていただけますか。」

「結構ですわ。明日にでもお出かけ下さいませ。今晩あたり、四谷の質屋さんが来る

ことになっておりますから。」

質屋は幾らぐらいで手放すと云っているのだろう。それが聞きたくってならなかったが、まだ見ぬ先から惚れこんでいるのだから、大事なその一とことは却って口に出しかねた。

「ほしいなあ。質屋は月賦払で承知するでしょうか。」

後になって考えてみるに、これで珍品堂は自分の腹を見すかされたのでした。翌日、女史のところへ訪ねて行くと、今朝ほど四谷の質屋へ電話をかけて交渉を重ねたが、月賦払なら一年間にわたって月十五万円ずつでいいと云ったとのことでした。

取出して見せた仏像は、まぎれもなく白鳳の仏像と思われるもので、ちょっとうつむき加減にして微笑をもらしている顔が何とも云われない。ふるいつきたいほどの顔でした。一回十五万円、十二回払なら大した掘出しだ。ところが自分は今、人から金を借りて料亭をはじめようとしているところである。いよいよ開店の暁は、月に二十万ずつ金主の九谷さんへ払いこんで行く契約になっている。どうしたものだろう。店を経営するかたわら骨董の売り買いで稼いでも、月に十五万円ずつの金を浮かせるものとは限らない。と云って、女中や板前などの給金をお預けにするわけにも行かないのは云うまでもない。だが、どうしてもこの仏像は手に入れたい。

珍品堂がそんなことを思いながら仏像の顔を見ていると、女史は立って行って薄よごれのした小さな徳利を持って来て見せました。

「これも質流れだそうでございますよ。質屋さんが仏像と一緒に買ってくれと云うんですけれど、それとこれを質に入れた人は、別人だと云っておりました。」

一合七八勺入りの徳利です。簡素な秋草の模様をあしらってありました。

「おや、唐津だな。」

手に取って見ると、これも相当のものだと思われるのにかかわらず、値段を聞くと嘘のように安い値を云っているそうでした。この手のものなら、珍品堂の骨董仲間が誰だって飛びついて来る。よし、これで四十万円ほど儲けてやれ。珍品堂はそれを譲ってもらうことにして、どうせ四十万円も儲けるのだから後は何とかなるだろうと、勢いにまかせて白鳳仏も月賦で買う話にきめました。

「お見事でございました。」

女史は素人客に云うかのように珍品堂の買いっぷりを讃め、仏像を綿でくるんだり箱に納めたりして荷造りをしてくれました。女中に云いつけて車も呼んで来さしてくれました。

さあ、嬉しくってたまらない。掘出しだ、掘出しだ。家に帰って仏像を床の間に安置すると、一つびっくりさせてやれとばかりに、骨董仲間の来宮に電話をかけたところが留守でした。では、さっそく唐津のおあずけで稼いでやれと、小石川の八重山のところへその徳利を持ちこむと、これは贋だから買いたくないと云うのです。買えと云っても嫌やだと云う。

「じゃ、云っとくがね八重山さん。この唐津を贋物だと云うような眼力なら、あんたの店の屋根にペンペン草が生えますよ。」

嫌味とも冗談ともつかないようにそう云ってやると、八重山はその徳利を店先の陽の当るところへ持って行って小僧と一緒に見ていましたが、

「では珍品堂さん、ちょっとおつきあい願えませんか。御案内します、すぐ近くです。」

と珍品堂を近所の一流料亭へ連れて行き、酒肴を命じてお銚子は唐津のその徳利を使いました。

「これ、洗ってもいいでしょうね。」

八重山は珍品堂に断わって、自分で洗って来てお銚子の酒を注ぎかえました。八重山としては、実際にその徳利を使ってみて真贋の判断をつけようとしたものですが、使っているうちに次第に真物だとする気持に傾いて行ったようでした。

「失礼ですが、この徳利で珍品堂さんに四十万円儲けさしてあげましょう。私も四十万円儲けさせていただきます。儲けは折半ということにしたらどうでしょう。」

八重山はそう云って珍品堂の顔を見るのですが、珍品堂は徳利を見ているうちに次第に贋物だと思う気持に傾いて行っていたところでした。たしかに巧妙に出来ている贋物です。

「いや、売らないよ。お前さんも買わない方がいいよ。こいつは、場末の競市に持って行ってちょうどいい品物だ。」

徳利のなかにはまだ酒が少し残っていましたので、珍品堂は中身を他のお銚子にあけて箱に入れました。

その日は競市の立つ日でした。珍品堂は八重山に別れてその足で場末の古道具屋を訪ね、

「お前さん、今日の競市に行くんだろう。これを売って来い。」

と云って徳利を出しました。

この頭ごなしの口のききかたに古道具屋はびっくりして、

「へい、売らしていただきます。」

と一も二もなく承知して、他の品物と共に風呂敷包みにして背負って出かけました。

珍品堂はその後からついて行きました。この古道具屋は古着屋か古道具屋か区別のつかないような店を持っているくせに、未来に希望を託していると云わんばかりの、臥竜窟というのがその店の名前です。六十あまりの男です。

この臥竜窟主人は風呂敷包みを背負って競市の人混みのなかを分けて行くと、包みのなかから品物を無造作にぽんぽん取出して、唐津の徳利もぽんと出しました。贋物とは云え、かりそめにも秋草のおあずけ徳利であるのです。小石川の八重山だって大いに食指を動かした徳利です。この競りに来ているのはみんな二流以下の骨董屋ばかりですが、すぐに五万と云った声があって、七万、十万、十二万、二十万、二十六万まで来て、次の声がかからない。スリルというのが感じられ、臥竜窟は立って来て珍品堂に耳打ちで聞くのです。

「先生、どうしますか。」

「売っちゃえよ。お前さんに、三万お礼する。」

そういうわけで唐津の徳利は落札となりました。

これで珍品堂は白鳳仏のその月の払いのぶんを浮かせることができたんですが、翌月は何の掘出しもなくって、おまけにこまごましたいろんな支払で物入りが重なるばかりでした。仕様がないので茅ヶ崎の紙屋の隠居に備前のずんどうの花筒を抵当に入れ、そのお金のうちから一回分の月賦を蘭々女に払いました。この花筒は、九谷さんに見せ金するために天平の水瓶なんかと一緒に、茅ヶ崎の隠居に五十万円で抵当に入れる形代にしていたもので、その五十万円はもう隠居に返済して証文も返してもらっていたのです。

月末というものは必ず毎月やって来て、毎月やって来るから月賦の払いはつらいんだ。そこで今月はどうして支払うか。改築工事は昼夜兼行でやっている。それを監督する隙に掘出しに出かけて行くのですが、別荘持ちの骨董屋たちは避暑に行っているから掘出しは夏枯れです。今さら白鳳仏を蘭々女にションベンするわけにも行かないし、月賦未払の品物を売りに出すようなこともできかねる。それに珍品堂は白鳳仏が怪しいことにもまだ気がつかず、自分が蘭々女を買いかぶっていることにも気がついていない。骨董にむきになると同様に、ひょっとしたら蘭々女に対してもむきになるような気持も出しかねない。骨董と同じく女にもお金がつきまとう。むしろ質屋に直接支払する契約にしておいたらまだしもであった。女史との契約を反古にすると九谷さんに知れるおそれがある。

蘭々女はもう珍品堂の生活に深く立入っている存在でした。たとえば鰻の尻尾が籠の目を探り当てるように、するりと細い隙間から入って来たのです。お座敷女中を募集する広告文案は勿論のこと、女中たちを合宿させる仕組から、お客のあしらいかたに至るまで、みんな女史の考案を取入れることになりました。

「これもやはり、わたくしが茶の湯から採りました作法でございます。仲居さんがお銚子を運ぶときには、袱紗《ふくさ》の代りに白いハンカチを、ここにこんな具合に挟みます。お銚子はお茶碗をお運びするのと同じように、こうして目八分の高さに捧げます。ハンカチは、清浄無垢な感じを出すために、糊でごわごわしたのを使います。わたくしの考案は、すべて茶の湯を原則といたします。ですから、仲居さんがたに、月に二回か三回くらい茶の湯と活花を習わせるとよろしゅうございますね。」

蘭々女はそう云いながら、お銚子の運びかたを珍品堂の見ている前で実演して見せました。ハンカチは袱紗を折るのと同じように三角巾のような形にして帯の胸元に挟む。その白さが帯の色から引立って見える。お銚子は恭しく捧げ持って、殆ど擦足《すりあし》に近い足のくばりかたで歩いて行く。天麩羅《てんぷら》の皿を運ぶときも同じやりかたである。これなら不味《まず》い料理でも勿体がついて格式ありげに見えて来る。

「なるほどね。では、万事それで行きましょう。」

　珍品堂としては引くに引かれぬ気持でした。どうせ賛成するなら、我が意を得たというようにして置いても損ではない。

「見ていて、却って色けが出ますな。あなたの胸もとがきちんとして、息をつく動きがハンカチに伝わって見えるようです。そうだ、感覚的ですね。」

「それから、政界財界のお客様のときは、一度だけお酌して仲居は席を外します。」

「しかし、一度だけというのはどんなものでしょうね。」

「政界財界のお客さまは、どうせ要談でお見えになっているんでございますよ。仲居がお酌を一度だけして席を外す料亭は、必ず繁盛いたします。どうぞ御自酌で、と古参のお客様に申し上げて、御用のときには呼鈴を、お運びに御用命を、と申し上げるんでございます。」

「そうだ、そうした方が余韻がありますね。お酌が欲しけりゃ、なんぼでも彼らは芸者を呼ぶからな。」

蘭々女は看板の時刻やチップのことなどについても制限する案を出した。チップは関西方面の大尽客とか有卦《うけ》に入っている客が出したがる。それをみんな断わることにする。強《し》いて渡そうとするのは礼を云って、いったんは受取るが、お客が帰る前に顔を出して、お帳場の方でもういただいていますからと云って返してやる。絶対に受取ってはならないのだ。お勘定は高くしてあっても、お客に気をつかわせないでもいいわけだ。

「それから、お看板のときの締めくくりは、今度わたくし、こうした案を持っているんでございますよ。」

女史の云うには、看板は表むき九時としておいて十時までは黙っている。するとお客はちょっと気をよくすることになる。十時になると、そのお客のところへ女中に手紙を届けさせてやる。手紙は前もって巻紙に毛筆で丁寧に書いておく。毎度お引立にあずかりましてという文句に始まって、相すみませぬが行儀見習の娘たちを休養させなければいけないので、お引きあげ下さいませんでしょうか。主人敬白。そういう文面の手紙を誰か能筆の人にたくさん書いてもらって、帳場の用簞笥にしまって置く。時に応じて取出せばいい。

「お客は怒らないかな。」

珍品堂は不安を感じたが、蘭々女は見識を見せて云いました。

「怒るわけがございません。もし怒ったにしても、手紙を破いて、ではお勘定と云うぐらいなものですわ。従業員に休養を与えて健康美を保たせることは、絶対に大切でございます。」

珍品堂はその案に従って、女史みずからの実演で女中たちに行儀作法の手ほどきをしてもらったことでした。

「いつも申しますように、すべて茶の湯の作法から採ったんでございます。すっと立つときにも、どたばた騒ぎの感じは禁物でございます。」

女史は広間に三十人の女中を並べた前でそう云って、お客に手を握られたときの真似までもしてみせた。暫時のあいだうつむいていて、すっと立つと内股に歩いて卓台の向側に坐り、しゃんとして胸を張る。

女中たちを合宿させる家は、幸い途上園の屋敷内に二階建の一棟があったので、大工に少し手を入れさせて間に合わせることにした。何も彼も女史の云うままにするようなものである。珍品堂の最初のもくろみでは新橋の三蔵のおかみを女中頭にするつもりでいたが、意外にも三蔵がそんなことを嫌やがって見せるので、蘭々女に設計図を描いてもらったとき採用の約束をした女を女中頭にした。於千代という名前である。少し太りすぎてはいるが、いい顔だちでもあるし貫禄ありげに見え、しっかり者と思われた。しっかりしすぎていると云った方がいい。

於千代の履歴書には、築地の鉱坂という料亭に七年間いたと書いてある。経歴としては遜色がない。念のため鉱坂の女将に問いあわせると、於千代は七年前にそこへ奉公に住みこんで、一年前に板前と喧嘩をして出て行ったということでした。難を云えばきりがないが、この女が言葉の抑揚から声色まで蘭々女を真似ているのがちょっと気にかかることでした。採用の予選に通過して、二度目の面接のときには女史を母親代りに連れて来て、「本当の母は、あたしが子供のとき亡くなってしまいました。お師匠さんに母親代りをお願いしたりしてすみません」と打ちしおれて見せました。

そのとき女史は、於千代についてこう云った。

「あたくしとこのひとは、七年前から茶の湯の師匠と弟子の関係でございます。あたくしは築地の鉱坂へ出教授しておりました。この人のことは、確かにあたくしが保証いたします。」

そんなことから珍品堂は於千代を採用し、同じ理由から女中頭にしたのですが、採用三日後か四日後になると困ったことが一つ起りました。これは於千代が直接関係があるわけではなくて蘭々女に関係したことですが、ひいては於千代までも苦々しく思われて来るようになりました。明日開店という日に築地の徳悦の支配人が酒を一升持ってやって来て、開店の前祝に来たと云うかたわら、こんな嫌がらせを云うのでした。

「ところで、あんたのところには、近頃因縁つきの白鳳仏があるそうだね。その仏様では、横浜の宇田川もいっぱい喰わされたんだってね。」

まるで開店のお祝ではなくて、商売仇として浴びせる正真正銘の嫌がらせです。骨董仲間では忽ち噂千里です。白鳳仏が贋であろうがあるまいが、真物として通用させるには、十年二十年の歳月をかけなければならぬかもわからない。

「そんな話は止してもらいたいよ。今日は開店の前日だから、俺はにこにこしてお前さんを見送るよ。本日はどうも御苦労さま。」

そう云って、その貧乏神を玄関に送り出すと、生きのよさそうな女中を呼んで云いつけました。

「おい、玄関に塩を撒いてくれ。縁起だ。どっさり撒いてくれ。」

縁起でもないことでした。もう珍品堂は白鳳仏を、途上園に持って来て自分の寝室の押入にしまっていたのですが、こんなとき見てもろくなことはないので見ないでおきました。

それにしても、この貧乏神は誰からその話を聞いたことか。珍品堂は女史のところから買って来た仏像を、誰かに見せたいと思いながら改築工事に気を取られて誰にも見せないでいたのです。女史は四谷の質屋から買いとった形式にしているし、女史が喋らなくては四谷の質屋が知るわけもない。したがって、宇田川がいっぱい喰わされた仏像だなんて貧乏神にわかる筈がない。

於千代を呼んで「四谷の質屋を知っているか」と聞くと、「あたくし存じません」と云うのです。

「お前さんはそう云うが、蘭々女さんのところには、四谷の質屋が出入りしているんだろう。」

「いいえ、お師匠さんのところには質屋なんか出入りいたしません。」

「嘘を云ってるんじゃないか。嘘だろう。」
「嘘なんて。」
於千代は泣く真似をして見せました。嘘泣きではあるが真に迫ったような風情です。

開店当初の途上園は大入満員の繁昌でした。振りの客を二組も三組も待合のホールに待たせておいて、どこかのお座敷があかないかと女中頭が見守っているといったような有様でした。これは珍品堂が築地の料亭徳悦のやりかたを取入れて、途上園の会員を細胞組織的に募ったせいもあるのです。蘭々女が茶の湯の会などで宣伝してくれたことも、大いにあずかって効果がありました。

これを汐《しお》に、お客をつかまえておかなくては。料理に特徴を出さなくては。純粋の日本料理のよさを出さなくては。油っこいものと、素朴な味のものを判然と見極めて、それを交互にお客の前に出さなくては。このトリックは不可欠だ。先ず山奥の農家を訪ね、本当に味噌の匂のする味噌を買って来る必要がある。珍品堂はそう思って、近県の山奥で美人部落と云われている村を物色し、利根川上流の藤原村、荒川上流の昇仙峡御岳村、甲州早川上流の奈良田村、この三つの村の地形を地図で調べました。

　この三つの村は、みんな高い山に取囲まれ、地図で見る川筋には断崖のしるしがつけてある。一般に、山に木が茂って川に水量の多いところには美人がいるという。こんな土地の人は醇朴だという。日常の食物も、献立の上では古くからの伝統に従って来ているだろう。ひょっとしたら木樵《きこり》の家の裏口に、常滑の水甕があるかもわからない。お宮の常夜燈に伊賀の油皿が納めてあるかもわからない。何げない顔で掛合って、こちらの物にすることが出来たら大した掘出しものをしたことになる。

　珍品堂の思いは、もう美人部落のまだ見ぬ常夜燈に馳せているのでした。それで女中頭の於千代を呼んで、

「私は田舎の農家へ味噌の注文に出かけるよ。このごろ、ろくな味噌を売っていないんでね。旅行は一週間の予定で、明日出発だ。留守をよく頼んだよ。」

　そう云ってやると、

「でも旦那様」と遠まわしに口答えした。「お味噌を御注文なさいますんでしたら、仕入の板前さんで間にあいませんでしょうか。今、開店早々の大事なところでございます。」

「だから、大事なところだから、味噌を吟味する必要があるんじゃないか。ついでに

私は山奥の農家をまわって、民俗的な食物を調べて来るつもりだ。それもこの料理に取入れるつもりだ。お前さんに云っとくがね、味覚というものは、親子三代にわたって本当に美食したものでなくっちゃ、真髄がわからんよ。」

暗に自分が仕入の板前より味覚が上だと匂わした。でも、於千代の口から仕入の板前に聞えても拙いので、

「つまり、こんなのが手前味噌というやつだ。」

と駄洒落を云って、いやに差出がましい於千代に苦笑いさせるように仕向けておいたことでした。

旅の支度はニッカボッカに防水の登山帽とリュックサックです。これなら山奥の人たちも、いかもの食いの登山家だと思って警戒の気持を柔らげる。

朝早く上野発の汽車に乗りました。水上温泉で下車すると、藤原村にはダム工事で土工がたくさん入りこんでいると聞いたので、湯檜曽《ゆびそ》から清水峠に通じる割合に広い山道を歩いて行きました。そこから先は、三人づれの登山家に逢ったきりの凄いほどの山奥で、そこの山と山との間に瘤《こぶ》のような小高い岡があって、岡の上に部落が見えました。家が何軒か散らばっている。その岡の登り口で、廃品の軍袴に深ゴム靴をは

いている中年の女に追いつきました。顔だちの悪くない透き通るような皮膚の女です。「あの部落で、泊めてくれる家があるでしょうか」と聞くと、女は割合に訛の少い言葉で云いました。

「ラジオを鳴らしておる家でしたら、たいていどの家でも泊めてくれるです。自分の家でも、先月、三人ばかりハイカーを泊めたです。自分のうちでは、ハイカーなら泊めてやりますが。」

　こちらは見かけだけハイカーで、慾得ずくから農家の手づくりの味噌や梅干を仕入れに歩いている。しかし仲買のためではなくって、自分のところの用に足すために仕入れるのだ。実はそういう人間だと打ちあけると、相手は少しも意に介さない風でこう云いました。

「わかったです。じゃあ、戦争当時の買出し屋のようなものですな。」

山奥の農家の人たちは、今では戦争当時の買出し屋を懐しがっているのではなかろうか。女は泊めてくれると云う前に、珍品堂の荷物を持ってやると云って、肩からリュクサックをはずさせた。ウイスキー瓶や濡物袋などの他、カンカラカンが一つ入っているだけで、嵩《かさ》ばってはいるけれども重くない。

岡に登る道はS字状になっているのに急な勾配を持っていた。よそから来た者がこの坂を登ると胸が焼けつくように火照るので、ホウロク坂と云っているそうだ。

女は元陸軍伍長の家内で与三郎後家と云うのだと自己紹介した。元軍人の女房なら、改まって第一人称を「自分」と云うのも無意味でない。却って亡き夫に貞節な感じを出す効果が現われる。岡の上にある家はみんな土屋姓になっていて、家は合計八軒あるが、三軒屋というのが部落の名前だそうだ。

坂を登りきると、畑の間を行く細道が曲りくねって続いている。畑のなかに狸や猪を威すためだという案山子《かかし》が立って、弓を引く恰好で片手に竹ぎれを持っているのが見えた。与三郎後家の話では、夏、ここの三軒屋の山畑では主に大豆が栽培され、どの家でも味噌をどっさり仕込んでいる。

「味噌なら、本家の作造さんところに、なんぼでもありますが。なんぼも売ってくれますが。自分ところは三人家内なもんで、三年味噌が一斗樽に三分の一ほど、二年と一年が一斗樽に半分ずつありますが。」

「すると、作造さんのところは大家族なんですな。」

「いいえ、本家の作造さんところは、前に水上温泉の宿屋と特約して、うんと仕込んどいたです。その宿屋の経営主が人替りしたで、本家の作造さんところは味噌の持ちぐされですが。」

棚から牡丹餅のような話でした。もう日が落ちて山は藍色に見え、麓は靄《もや》に薄く包まれていた。与三郎後家のうちでは、土間のなかに竈《かまど》の火が見えて、隣の家のラジオがはっきり聞えていた。台所には吊ランプに燈がとぼされて、その弱々しい明りの下で、双生児と見える尋常一年生くらいの二人の女の子が、仲よく机に向きあって本を読んでいた。

「母ちゃん帰った。」

一人がそう云うと、一人はわざわざ立ちあがって珍品堂にお辞儀をした。目のぱっちりした可愛らしい子供である。鼻の下に洟など流したあとはちっともない。草深い田舎では、ときたま一部落の子供の大半が洟を出しているのを見ることがある。片方の鼻の穴から、つららのように洟が長く垂れ下り、それが垂れ落ちるかと思うと、するりと吸い込まれ、次に片方の鼻の穴から長く垂れ下る。縄釣瓶《なわつるべ》のように上ったり下ったり、交互にそれを繰返している。

与三郎後家は坂道を登るとき約束した通り、本家の作造さんのところから三年味噌と一年味噌の見本を貰って来てくれた。嗅いでみると三年味噌の方が匂が強く、舐めてみると果して一年味噌の方が濃い味であった。

「おかみさん、この味噌で不断の通りの味噌汁を願います。」

与三郎後家は支度に取りかかった。珍品堂はその手順に注意の目を配った。普通のうちのやりかたと大して変ったところはないようだ。竈にかけた鍋に湯をぐらぐら煮立たせて、煮干を入れて引上げる。その間に葱を切る。煮干を上げた後に葱を入れ、それが煮えるのを待つ間に子供たちの膳立をする。葱が煮えあがる直前に、三年味噌と一年味噌を四分六分の割で入れる。味噌汁の匂がぷんぷんにおって来る。それが煮立ったところで竈の焚木を取払い、鍋のなかの味噌汁をお椀についで出す。そういう順序でした。

与三郎後家の云うには、ここの三軒屋ではどの家でも三年以上たった味噌くさい味噌を貯えている。味噌の味噌くささは味噌にあらずという考えかたとは反対だ。味噌というものは、寒土用と夏土用を合せて土用を六遍以上くぐると本当に味噌くさくなる。夏の土用には蒸れるので、そのときには蓋をあけ、どんどん泡を立てさせて存分に醱酵させてやる。寒中には沈んで来て上に黴が生えて来る。その黴を取った下の、三年以上たったのがここの三軒屋では貴重だとされている。

珍品堂は味噌汁で御飯をすませると、灰色にしなびた漬物を肴にして、リュクサックに入れて来たウイスキーを飲みはじめた。すると与三郎後家は、井戸端に囲ってある天然ワサビの葉を採って来て丼鉢に入れ、熱湯をじゃぶじゃぶかけたのを酒の肴に出してくれた。醤油をつけて食べるのだ。辛味が鼻を衝く。本来ならワサビの葉を甕に入れ、さっと熱湯をかけ、日本紙でもって蓋をして、半日か丸一日のうちに食べるのだという。日本紙をかぶせるのは、蒸発する湯気だけ逃がして辛味を逃がさないためだろう。もし季節が春ならば、ワサビの花を軸ごと採って来て、丼のなかのお湯に一分間ぐらい漬けてから酒の肴にするのだという。

「四月ごろ、ワサビは白い粉米花《こごめばな》のような花を咲かせるです。ひょろひょろの軸をつけたまんま採って来て、お湯をかけて食べるですが。」

与三郎後家がそう云った。

珍品堂はこの家に一泊して、翌日、本家の作造さんのうちで三年味噌を四斗樽に一つ注文してから三軒屋の岡を降りて来た。そうして上野駅に着くと、ふとした気まぐれから小石川の八重山のところへ道草を食いに寄った。

八重山は留守であった。小僧に聞くと、主人は埼玉県の古墳群のある村へ埴輪を買いに行ったということでした。いつ帰るのだと聞くと、明日あたり帰って来て、すぐ備後の鞆ノ津へ室町時代の凄い壺を買いに行く筈だと云う。出入りの旦那のお供をして出かけることになっているそうでした。八重山ともあろう骨董屋が、わざわざ備後の鞆ノ津まで旦那のお供をつとめるのは、よほどの名品が出ているに違いない。

「そうか。鞆ノ津の壺か。」

珍品堂は骨董狂の悪い癖で、それなら八重山を出しぬいてやろうかという謀叛気を起しました。

「あの壺なら、もう売れたんじゃないか。このごろ喧しいあの壺だろう。」

そういう鎌をかけてやると、小僧はべらべらと喋ってしまいました。壺は一つだけでなく五つも見つかっているそうだ。最近、鞆ノ津の資産家たちが協同で、お宮の倉に保存されていた古い能舞台の木組を組立てて復元することになった。その舞台の下に納める甕を、今では醸造業を止している旧家の若旦那が寄付することになっている。その甕が五つとも揃って室町時代の酒甕だ。能舞台の下に置く甕なら新しい甕でも差支えないわけで、こちらが埋もれた文化財を世に出したい趣旨を力説すれば先方も手放すに違いない。この場合、先方へ予告なしに出かけた方が、却って効果的だと八重山が云っていると云うのです。

「鞆ノ津は、大昔から保命酒の本場だからね。古い酒甕があるのは不思議でないよ。」

珍品堂は八重山を出しぬいてやろうと腹をきめ、

「俺は、御岳昇仙峡の奥へ蕎麦粉《そばこ》の買出しに行くんだ。このリュクサックのなかには、カンカラカンがあるだけだ。」

小僧にそう云って、行く先をくらましてやりました。

備後の鞆ノ津は、昔から備前の日生《ひなせ》港と共に漁港として有名です。ことに鞆ノ津の鯛は優秀だと云われるが、この辺の海でとれる雑魚は鯛よりも遥かにまだ上だというのです。メバルなんかもこの辺でとれたやつは、魚を好きな隠居なら、食べた後で何としても骨湯にしなくては虫がおさまらないといったような代物です。メバルよりもサンジョゴメという雑魚の方がまだうまい。大きくもない雑魚ですが、一尾につき米三升と匹敵する値段だから、名前がサンジョゴメだと云って、漁師が値を吊りあげているほどの魚です。この魚は雌が雄の産んだ白子を吞んで受精しています。産卵期に雌を釣って腹のなかを見ると、白子を吞んでいるのが素人の釣師にでもわかります。

このサンジョゴメを、鞆ノ津の浜焼屋に頼んで鯛の浜焼のように加工させ、途上園へ直送させたらどうだろう。珍品堂は汽車のなかでそれに思いつきました。鯛の浜焼は、もともと塩浜の人夫たちの手すさびから発生した産物で、塩竈から取出した熱い塩山のなかに、生簀からあげた鯛を突っこんで塩蒸しにしたものであるのです。塩が、とことんまで浸みこむために、腐りやすい蛤などでもこのやり方で焼くと何日間も腐らない。ところが、鯛や蛤を突っこまれた塩山は、四尺四方も五尺四方も変色し、塩浜の人夫がそれをごまかそうとして掻きまぜても、専売局の役人が見抜いてしまう。それで浜焼屋は大釜に入れた塩に電気で高熱を加え、食塩水を注射した鯛をそのなかに入れて焼くのです。サンジョゴメをこの方法で焼いて送らしたらどんなものだろう。これを一尾まるごと伊万里の大皿に入れてお客の前に出す。お客は箸をつけてみて、「うむ、これがサンジョゴメの浜焼か。浜焼は途上園に限る」と云うに違いない。

鞆ノ津は、備後福山からバスで三十分ぐらいのところです。その途中、左手は海、右手は山で、平凡なような海浜風景でありながら、どうしても平凡だと云わせないだけの実力を持っている風景です。珍品堂は鞆ノ津に着くと、対山館という古めかしい造りの旅館に入って亭主を呼んで聞きました。やはり能舞台が復元されるというのは事実でして、舞台の下に使い古しの酒甕を入れるというのも事実でした。

「その酒甕は、こんなような恰好です。」宿の亭主は、甕の形を手つきに見せ、「ちょうど、こんなように肩のところがふくらんで、すっと尻つぼまりです。よくヤマタノオロチが酒を飲むところの絵がございますが、あの酒甕にそっくりです。高さは臍までもございます。」

「どんな色だね。」

「灰色で釉薬《うわぐすり》はございません。室町時代も初期の伊部焼だということでした。」

「その酒甕、売ってくれないだろうか。学問のための参考品として、ほんの暫く入用なんだけれどもね。」

「左様でございますか。後で電話でもかけて聞いて差上げます。」

呆気ないほどあっさりして却って頼りない返答でした。

この町の名産は保命酒と豆竹輪です。珍品堂は街の浜焼屋に行ってサンジョゴメの浜焼について交渉をすませ、竹輪を製造する店で豆竹輪をつくっているところを見せてもらいました。土間に据えつけた動力機械でもって魚肉をすりつぶし、大量生産でやっているのです。魚の骨や皮は箱詰にしていましたが、それをどこの食品工場へ送るのかと聞いても職人は薄笑いするだけでした。

　宿に帰ると部屋に亭主がやって来て、さっきのことで先方へ電話をしたところ、御主人が旅行中で話にならなかったと云う。しかしサンジョゴメの交渉がうまく片づいて手金も打ったので、東京を発つときとは目標は変ったがここまで来た甲斐はある。

「お客さん、昔の酒甕が御入用でしたら、他の家に御紹介いたします。これも古い伊部焼でして、酒倉の戸口から外に出せないほどの、大きな酒甕でございます。」

「すると、戸口から出せなくっちゃ、けっきょく外に出せないじゃないか。」

「ですからお客さん、戸口を毀《こわ》してから外に出しまして、後で戸口を修繕する費用を弁償するんでございますよ。同じような大きな酒甕が三つございます。」

「それも保命酒倉の酒甕かね。」

「いえ、昔からの普通の酒倉にある酒甕でございます。たぶん倉の棟上をする前に、先に土間の叩きをしてから甕を置いたんでございますな。脚立《きゃたつ》に乗らねば甕の口元に届きませんです。」

　そんな大きな甕なら、途上園の玄関口からも入らないし置く部屋もない。庭に置いても雨水がたまってボウフラがわくし、横に倒して茶室にしても始末の悪い趣味だと物笑いの種になるにきまっている。陶工はそれを作るとき、どんな具合にして轆轤《ろくろ》を挽いたものだろう。焼くとき超特大の窯をつくって横倒しにして火を入れたとすれば、下側になっていた方はどんな色をしているだろう。反対側は灰をかぶって胡麻が散っているだろうか。そんなことを想像しては虫が起るのだ。

「いや、そんな馬鹿でかい甕なんか、もう結構だ。」

珍品堂はもうこの町では用が足りたことにして早々に引揚げました。帰りは京都に途中下車して、郊外の農家で葱を時に応じて送ってもらうように特約した。これはお客に出す蕎麦の薬味にするためだ。薬味は京都の葱に限るのだ。蕎麦も寒冷地で穫れた蕎麦の実を手臼で碾《ひ》いて荒い篩《ふるい》にかけ、一週間以上たたないのを手打にして出したら立派に料理となる。蓴菜《じゅんさい》みたいなぬめりの出るやつでなくてはいけないのだ。これを縮物《わげもの》か何かに入れて、垂れは昆布でさっと出しを取ったのを伊万里の蕎麦猪口に入れて出す。東京者は割合に蕎麦の啜り方を形の上だけでは心得ているが、機械製粉して防腐剤を入れて貯蔵していた粉に海藻を入れたのを食べつけている。こんな客には手打のものは却って不向きだろうか。このごろは、そんな蕎麦よりもまだ酷なのがある。この前、珍品堂は手打蕎麦を名物としている近県の観光地へ出向いたが、出された蕎麦というのが、まぎれもなくラーメンであった。そのとき案内に立ってくれた土地の人に、「あんまりじゃないか」と云ったところ、その人は顔を赧《あか》らめて「でも、幾らか蕎麦の匂がしますね」と云った。どうも不思議なので正体を調べると、垂れのなかに蕎麦粉を混ぜていたのです。

京都では、ついでに円山屋へ寄りました。ついでと云うよりも、この骨董屋へ寄るのが主であったと云った方がいいでしょう。

「おやおや、リュックで。颯爽と登山姿ですわ。いや、颯爽として登山姿ですわ。さあどうぞこれへ。」

円山屋は妙に浮き浮きして迎えてくれました。これは何かあったなと思っていると、実は、つい最近、例の室町の燈籠が京都の博物館に納まったと云うのです。それも出入りの旦那に売ったのを旦那が陳列会に出品して、博物館の人が目を留めたのだから旦那は鼻を高くする。したがって円山屋の眼力のおかげだと贔屓にしてくれる。まだ指折りのうちに入らない骨董屋としては、そんなのは博士論文がパスしたも同じように肩身が広くなる。

珍品堂は相手がリュクサックに目を落したので、そのふくらみを叩いて見せました。

「この通り、カンカラカンが入ってるんだ。先月、お宅へも案内状を出しといたが、料理屋を始めたんでね。料理の材料の買出しさ。ところで何か、すかっとしたものを見せてもらいたいね。」

「さよか、すかっとしたものでしたら。では、一つお目にかけますわ。」

円山屋は奥から桐の箱を持って来て、慎重な手つきで蓋をあけて見せました。珍品堂は思わず噴き出そうとするところでした。箱のなかには、綿を敷きつめた上に正倉院御物の丁子《ちょうじ》の花と同じものがあるのです。

「これ、どこから手に入れた。」

「さるところからですわ。」

「云いたくなければ聞かないよ。なるほど、すかっとしたもんだね。」

「これ、ほんのもう少しのところまで買手、ついてますのや。」

「それは結構だね。いや、どうも有難う。」

珍品堂は箱に蓋をさせ、云いたいことも云わないでおきました。事情を知ったら売りに出せる品物ではないのです。正倉院には、ちょうどこれと同じような、姿も大きさも色も同じような丁子の花を、麻糸でつなぎ合せたものがあるのです。無論、古い時代のものだから花は枯れて褐色です。ところが、これと寸分ちがわないものが今でもカンボジャで作られている。カンボジャの民芸の一つです。おそらく、カンボジャでは日本の奈良朝時代から、あるいはそれより前からずっと引きつづき作っていて、正倉院のものもそこから来たものと思われるのです。百年前に出来た同じようなものさえも、今でもカンボジャで買って来ることが出来るのです。古色を帯びているから正倉院のものと見わけがつきかねる。

正倉院のものと同じだから骨董屋が飛びついて行くのです。珍品堂が白鳳仏の贋物を掴まされ、毎回十五万円ずつの月賦払に頭を痛めることになったのも、新薬師寺の本尊に目をくらまされていたためでした。白鳳仏が質流れと聞かされて、不当な臆測をめぐらしたことも真物と偽物の区別をつかなくさせる羽目に追いこまれたようでした。骨董は女と同じだが、もう一つの別のものにも関連するところがある。金に関連がある。骨董はなさけない。ただ止せないだけの話である。

珍品堂は折角だから、安物の古びた水墨画の掛軸を五六幅ばかり買って東京へ帰って来た。お座敷用のものだから、表装さえよくすれば古びた水墨ならごまかしがきく。カンカラカンのなかには、客へのお薄を出すとき添える干菓子を買ってぎっしり詰めて持って来た。これは女中頭の於千代に無用な旅をしたと思わせないためもある。もうこんな気づかいさせられるようになったほど、於千代は珍品堂にとって目の上の瘤になりかけている。月賦払の十五万円は、於千代の手を通して蘭々女のところへ届けることになっている。それを払いしぶると金主の九谷さんに万事が筒ぬけになる。

帰って来て四五日すると、まさかと思っていたのに九谷さんから電報が来た。用件なら電話でも間に合うのに、直ぐ来いという電文だから気が揉めた。とにかく直ぐ来いというのだから直ぐに茅ヶ崎のお宅へ伺うと、九谷さんは応接間へ顔を出すなりこう云った。

「君はリュクサック背負って、関西方面へ行ったそうだね。」

例によって態度や口のききかただけは、さらりとしているようでした。

「何しに、どこへ行ったのかね。」

「鞆ノ津へ行って、帰りに京都へちょっと寄って参りました。鞆ノ津では魚の浜焼を特約して、それから、京都では葱を特約して参りました。」

「そうかね。訊問するようで悪いけど、君は御岳昇仙峡の奥へ蕎麦粉の買出しに行ったんだろう。鞆ノ津から帰って来て、それから蕎麦粉の買出しに出かけたというわけかね。」

「蕎麦粉の買出しには、近日中に出かけます。」

「そうかね。君が鞆ノ津へ行ったのは、ふとしたきっかけじゃなかったのかね。小石川の八重山のところで、小僧に酒甕の話を聞いたのがきっかけだろう。くどいようだが、そうじゃなかったのかね。」

珍品堂は顔をあげることが出来なくて、生唾を一つ二つ呑みこみました。

「私、つい謀叛心を起しました。八重山を出しぬいてやろうと思いまして、こっそり鞆ノ津へ出かけて参りました。魔がさしたんでございます。」

「よろしくないね。非常に、よろしくない。八重山は、君が鞆ノ津の宿屋に寄ったという次の日に、同じ宿に行って亭主と話をしたそうだ。まるで偶然のようであって、決して偶然ではなかったのだね。それも君のせいだ。私は八重山がそう云っておったという話を聞いて、自分まで恥かしい思いをしたよ。何という恥かしい真似をしたのだろう。」

「相すみません。以後、気をつけて、改めたいと思います。」

「君を電報で呼んだのは、君にそう云ってもらいたかったんでね。」

珍品堂はぺしゃんこでした。

九谷さんは珍品堂を玄関に送り出しながら、

「年のせいかな。どうもこのごろ、怒りっぽくなったようだ。」

と独りごとのように云っているのでした。

これでわかりました。八重山も鞆ノ津まで無駄足を踏んだのです。せめてもそれが珍品堂には腹癒《い》せですが、九谷さんの口吻では八重山が九谷さんに告口したのではなさそうでした。

めくら千人、目あき千人とは、よく人の云うところです。だから誠意をもって、いい料理を出せばお客は必ず来てくれる。これが珍品堂の信条であるのです。しかし料理は人によってそれぞれ好みがあるもので、珍品堂は何かと心を配ってお客の舌の好みの調査をやりました。誰それというお客は、何と何を食べ残し、何と何をすっかり食べ、何をお代りしたか女中に報告させ、それをカードに書きつけて、そのお客が次に来たらカードをめくって見る。ははあ、このお客、油っこいものが好きだとか嫌いだとかすぐわかる。それによって献立を組みなおして調理場に命じてやる。あとからまた受持の女中に、そのお客の箸をつけた跡形を報告させてカードに書きとめる。まるで人の嗜好をさぐるスパイ戦のようでもあるのです。

そこで、次にまたそのお客が来ると、カードを見て献立をすこし修正し、四回目、五回目ごろには大体その人に向く基本的な献立表が出来あがる。無論、女中がお座敷へ料理を運ぶ前、珍品堂はいちいち料理の並べかたなども検査する。料理は一種の芸術です。味覚に訴えるべきものであるのは云うまでもないことですが、たとえば刺身とマクラの配置にも調和が必要だ。つけ合せの大皿の料理など、並べかた一つで律義な料理人か軽薄な料理人かの区別がつく。これでもって調理場の雰囲気を想像する神経質な客もある。

ところが、お客の嗜好をさぐるスパイ戦の余滴として、珍品堂は蘭々女の嗜好について或る一つのことがわかりました。蘭々女は途上園の開店以来ときどきお客として来ていましたが、そのつど、そのお座敷に利根《とね》という可愛らしい女中が受持をつとめておりました。女中頭の於千代がそういうように計らっていたのです。そこでスパイ戦用のカードを見ると、蘭々女はひとりで来たときには必ず天ぷらを食べている。ときには、天ぷらのお代りをしていることもある。しかるに、他に誰か連れのお客と来たときには、油っこいものには一つも箸をつけない。

　これが普通の客ならば、気まぐれな嗜好の人だと見ておいてもすむわけです。しかし珍品堂は蘭々女に対して幾らか心を動かしているところもあったので、それぱかりか、いつも蘭々女のお座敷を受持つのが利根ですから、蘭々女、於千代、利根の三人は、脈を通ずる一派ではないかという疑念も湧くのでした。利根は珍品堂の洋服のズボンにアイロンをかけたり食事の給仕をしてくれている女です。冗談半分に利根の前で、俺は蘭々女と割勘で駈落してみたいと云ったりしたこともありました。

　利根は途上園に来る前には茶の湯を習っていたということで、立居振舞のしとやかな可愛らしい娘です。頗る別嬪の部類に入る女です。襖をあけたてするときなんか、左手と右手を同時に調子よく動かしている。踊の一部を演じているかのような恰好です。毎朝、新聞をお盆に載せて「お早うございます」と珍品堂の部屋に入って来る。「お茶を一ぷく」と云いつけると、「はい、かしこまりました」とお辞儀をして、茶の湯の作法を取入れて部屋を出る。難を云えば、作法だけは見事だが、利根の点てた茶はちっともうまくないということでした。

　もしかしたら利根は前々から蘭々女と格別な仲ではなかったろうか。いろんなことが蘭々女に筒抜けになっているかもわからない。ふと、そんな疑いが胸をかすめました。蘭々女は表むき茶人として門戸をかまえている。天ぷらのごとき油っこいものは、連れのお客の前では食べたいのを我慢しているのではなかろうか。

「まさか蘭々女は、天ぷらを利根に食べさせてるんじゃないだろうか。」

そんな疑念も浮かびました。いつか女中たちが溜り場に集まって、お互に自分の好きな食べものの名前をあげていたことがありました。利根は天ぷらが大好きだと云い、椿油と榧《かや》の油を混ぜた途上園の天ぷらなら、一度に三人前でも食べたいものだと云っていた。だから蘭々女が「一つ、いかが」と天ぷらを箸でつまんで、「いただきます」と恰好よくあけた利根の口に入れてやっているんじゃなかろうか。二人きりの部屋だとすれば、他には誰もそれを否定できないではないか。女同士のあの道は、通常の男女の間よりも情緒が深いと云われている。

珍品堂はお勝手の気のいい婆さんを呼びました。

「名前は云えないが、利根の素性を知りたいと云う人があるんだ。履歴書だけじゃあ簡単すぎるからね、どんな家庭か調べて来てもらいたい。」

そう云っただけでしたが、婆さんは心得すぎて、旦那さん胡散《うさん》くさいぞというような顔をして引きさがりました。

婆さんの報告によると、利根の実家は履歴書の通り雑司ヶ谷の鬼子母神の近くにある。母親はもと某銀行の支店長代理に囲われていたが、その旦那が十年前に亡くなってからは自宅を素人下宿にして生計をたて、それでも一人娘の利根にはずっと茶の湯と踊を習わせて来た。家屋は二階建の一棟で、階下の二部屋と二階の二部屋に止宿人が入っている。母親は階下の八畳一部屋に住んでいる。利根が料理屋の住込女中になったのは、一部屋でも余計有利に使いたいお袋の考慮によるらしい。利根は男ぎらいだから今までのところ紐はなかった。母親は金光教を信心して、居間の長押《なげし》の上に紫の布ぎれを張った小さな神棚を取付けている。信心はするが内気で口数の少い女である。

そういう噂を、お勝手の婆さんは鬼子母神裏の八百屋のおかみから聞いて来たということでした。

「しかし、男ぎらいと云ったって、どの程度の男ぎらいかね。最近の傾向として、男ぎらい必ずしも、紐がないとは限らないというからね。」

「そりゃ旦那さん、若い女が男ぎらいというのは、身持のいいことでございますよ。

あの利根さんという子、ここへ来てから、めきめき器量がよくなりましたですね。」

「そうか、どうも御苦労だった。」

「でも旦那さん、御用心が肝心でございますよ。八百屋のおかみさんは、仲人口をきいたかもしれませんですからね。わたくし、聞き賃に八百屋でこれを買って参りました。旦那さんへお土産でございますよ。」

婆さんがハトロン紙の包みから梨を取出したので、珍品堂はお礼の意味で、これで仮入歯をしろと云ってお金をやりました。

その日、金主の九谷さんから電話がありました。お客がみんな帰って、下足番がスリッパを片づけているときでした。全く悪くない電話です。途上園の経営状態が順風満帆に近いので、京都か大阪に支店を出そうと思っている。ついては、場所を選定するため近々のうちに京都と大阪に出張して研究して来てもらいたい。支店に派遣する女中たちも、今から物色しておいてもらいたい。

そういう電話です。思わず万歳と云いたいほどの話でした。大したものだと受話器を置き、一人で悦に入っていると、広間の方で女中たちが突然がやがや騒ぎだすのが聞えました。何ごとかと思って行ってみると、大テーブルの重いやつを七人か八人の女中が片づけようとしていたところですが、手を休めてげらげら笑っている。手をかけても笑うから、ますます力が入らない。なかには笑いこけて、足を投げ出して坐ってまだ笑っている女中もいる。このテーブルは変態だから女だけでは動かないと云って、尻餅をついて笑っている女中もいる。利根も尻餅をついて一緒に笑っているのです。

「どうしたんだ利根子君、足なんか投げ出して。僕の夜食の支度、なぜ早くしないんだ。」

そう云ってやると、利根は急いで坐りなおし、

「すみません。さっき、手伝いしてくれと云われたので、お手伝いしているんです。」

と大まじめに云うのです。

他の女中たちはみんなしゃんとして、するするっと大テーブルを片づけてから部屋を出て行きました。ところが、出て行った女中の誰か、たぶん手拍子でもって電気のスイッチを消したのでしょう。途端に部屋のなかの明りが消え、廊下の明りが消えました。雨戸はまだ締まってなかったが部屋のなかは暗がりで、利根のじっと坐っているのが薄ぼんやりわかるだけでした。窓があいていて星空が見えていました。

この女、こんな暗がりでは薗々女とどんな真似をするのだろう。そういう好奇心というものは人間に妙な真似をさせるものです。ちょうど珍品堂は支店の話を聞いたばかりで有頂天になっていたせいもありました。順風満帆に近いとおだてられて、いい気になっている矢先でもありました。

「利根子君、さっき九谷さんから吉報があったんだよ。関西に途上園の支店が出来るんだ。」

人影は動きもしないし声も出さない。

「ねえ、前祝だよ。ここで一つ、君と僕と、愛撫する真似をやらかすかね。心配ないさ、べつに危害は加えないんだ。」

珍品堂は薄ぼんやりした人影の横に坐りこんで、・

「ほらこの通り、危害は加えないよ。」

と利根の肩に手をかけました。その肩がちっとも波打っていないのです。

利根は歯を喰いしばっていましたが、

「そんなの駄目。」

と珍品堂が云うと、あんぐり口をあけました。次に、珍品堂のそろそろ伸ばしたお手てを、ぱっと跳ねのけると見せて太い乳房のところへ持って行きました。

そのとき、不意に部屋が明るくなりました。見ると、廊下に女中頭の於千代が立っている。

「あら御免なさい。雨戸があいているのに、燈が消えていたものですから。」

於千代は小走りに戸袋の方へ行って、荒っぽく雨戸を繰りはじめました。

「いやな音だ、雨戸を繰る音なんて。」

珍品堂は振向いたが、利根はもうそこにはいなかったのです。

悪いところを悪い相手に見られたものでした。しかし於千代が電気をつけたのは偶然かどうか。今までに於千代は雨戸を締めてまわったことは滅多にないのです。女中頭だから最後に戸締りを見てまわるぐらいのものでした。「あら御免なさい」と云ったのは、「その濡場、見届けた」というのと同義語のようなものであるのです。いずれにしても結果は同じことになるのが知れている。一日か二日のうちには蘭々女に知らされて、その翌日ぐらいには金主の九谷さんに知らされるにきまっている。珍品堂としては好奇心のほんの一片を充たされたにすぎないのでした。

案じていた通りの結果になりました。翌日、常連客の多賀さんが奥さんを連れて見

え、「珍品堂を呼べ」と名指があったんで、そのお座敷へ行って奥さんに料理の講釈をやっているときでした。女中がやって来て、

「今、九谷様からお電話がございました。二時間後にお見えになるそうです。外出しないように、伝えてくれと仰有《おっしゃ》っておりました。」

そう云ったので、早々に引きさがろうとすると多賀さんの奥さんが仰有るのです。

「このお蕎麦、ほんとにおいしいわ。これなら、お蕎麦も料理のうちに入るわね。どんなにしてつくるんでしょ。」

それで珍品堂は、上の空で蕎麦の講釈をやりました。

「その蕎麦は、上州沼田のカドヤという家の蕎麦粉でございます。それを手臼で碾きまして、碾くのは手拭をかぶったお勝手の婆さんですが、少しばかり荒く碾く方がよろしいです。すると、白い粉のなかに砂鉄みたいな黒っぽいつぶつぶが混って、それが香を出してくれまして、ぷんと蕎麦がかおります。それから、蕎麦で大事なことは、粉にして一週間以内に食べなければ、ぬめりが無くなって駄目なんです。それから、梅雨をすぎたら駄目でございますね。」

「蕎麦を打つときには、鶏卵なんか入れるんでございますか。」

「いえ、そんなことは。」

急いでする話ですから、蕎麦を打つのは手真似を入れて話しました。

「奥様、蕎麦をこうして伸ばして、切って、ぐらぐら沸く湯にぱっと入れ、ぐらぐら沸くのが冷えて、すぐまた沸き立つ力にしてから次を入れるんです。ぽつぽつと入れるんです。少しずつね。するとね、その蕎麦が沸き上って、ぱっと上に浮いて出ます。そのときに、ぱっと水を入れるんです。すると、煮たぎってる湯が引込む。そして、ぐらぐら沸いてるのと同じに上るんです。それを、ぱっぱっと冷水の中へ掬《すく》って入れ、それを上げてお客席へ持って参ったのが一番うまい蕎麦でございますね。そうすると、蓴菜みたいなぬめりが出て、手打のかどが、ぴんと取れた感触のいい蕎麦になって、つるっつるっと、ひとりでに喉に入ります。」

女中がまた九谷さんから電話があったと云いに来ました。二時間後に来ると云ったのを取消して、すぐ珍品堂に銀座の鶴田屋という料理屋に来てくれとのことだと云う。こう呼び出されては、外見ではお盛んなようなものである。

「珍品堂は売れっ子だからね。銀座からもお座敷がかかるんだよ。」

と多賀さんが、奥さんに云うのです。

「いえ、実は、屠所の羊でございます。では、失礼いたします。どうぞごゆるりと。」

珍品堂は引きさがって来ました。

銀座裏の鶴田屋へ行くと、九谷さんが二階座敷で女中に酌をさせながら飲んでいました。

「御苦労、よく来てくれた」と九谷さんは柔和な表情で、さしたることもないように云うのです。「このごろ忙しいそうだね。若い女中に、ちょっかい出す暇なんか、ない筈だがね。」

果して、筒抜けにわかってしまったのだと、観念するよりほかはないのでした。九谷さんは珍品堂に盃を差すと、女中に料理を云いつけて座を立たせ、

「君、あの利根という女中じゃあ相手が悪かったよ」と、言葉つきだけはふんわりと云うのです。

「はじめ、私は君を、蘭々女さんに紹介する前に、どう云ったか覚えておるかね。あの女史の習性について、どんな風に云ったっけ。」

「女史の欠点は、金に不自由しないのに、金を欲しがるのが欠点だと仰有いました。それから、女史は通人だ。商業美術の第一人者だ。そう思って間違いないと仰有いま

した。」

「それだけだったかね。」

「それだけだったと思います。」

「そうかね。たしか私は、こう云ったように覚えておるよ。女史のことを、決して女性だと思ってはいけないんだ。そう云っておいた筈だ。」

「そのことでしたら伺いました。私、血のめぐりが悪うございました。」

「そうだろう。そして思い当るところがあったろう。」

珍品堂は一も二もなく降参してしまいました。九谷さんの話では、今朝ほど蘭々女から、昨晩のいきさつを電話で知らされたそうでした。昨晩、於千代から公衆電話で注進を受けた蘭々女は、わざわざ途上園の女中の合宿所へやって来て、利根を呼び出して平手打を食わしたという。

「私、そのことはちっとも存じませんでした。今朝、しかし思いなしか、利根子君はふくれっ面をしておりました。」

「そりゃ当り前さ。相当に平手打を食わされたらしいからな。女同士の間の悋気《りんき》は、凄いものだそうだ。蘭々女さんは君に対しても、非常に腹を立てておると云ってるよ。

私は二人を仲なおりさせようと思って、こうして君を呼び出した。」

「私、女史のところへ謝まりに行くんでございますか。」

「いや、行かなくってもいい。行かなくてもいいが、しかし蘭々女さんを途上園の監督者として迎えたらどうだろう。そうすれば私も安心だ。君は営業はうまいが、女には甘いからね。」

九谷さんは淡々とした調子で云うのです。

珍品堂は追いたてられているような気持でした。随分、これは信用がなくなったと思わなくてはいかんのだ。ここは低姿勢に限るのだ。はじめ九谷さんに、三箇年の期限つきで家屋の貸借を申込み、その点は有耶無耶《うやむや》にしたまま貸してもらって感激させられた関係もある。しかも、自分はいい年をして、せっかく九谷さんの前々からの注意を見逃がしていた。

「承知しました。女史の気のすむようにして頂いて結構です。」

「では、協力してくれたまえ。云っておくがね君、蘭々女さんは金にきたないよ。会計の方、君が握ってなくっちゃいけないんだ。」

「かしこまりました。」

「では、明日からでも女史に、顧問役を頼むことにする。ところで君は、このごろ新橋の三蔵へ行かないんだろう。少しはお小遣でも持って行ってやったらどんなものだ。」

九谷さんは粋だか野暮だかわからないようなことを云いました。

関西に支店を出す案は、珍品堂と女史の協調がうまく行くかどうかにかかっているような九谷さんの口吻でした。気になるのはもう一つ、どの程度まで女史が途上園に割込むかということですが、これも女史の気にすむように任したことだから口にしないでおきました。九谷さんもその話には触れません。しかし顧問役と云うからは、珍品堂の落度を見つけようと目をくばることに相違ない。すでに女中頭が目の上の瘤であるところへ持って来て、口八丁の女史が乗りこんで来ることになったのです。

珍品堂は三蔵の店には寄らないで、まっすぐに途上園に帰って来ました。女中の溜り場をのぞいてみると、黒板の下で活花の師匠が毀《こわ》れた花壺をセメダインでつぎ合せているところでしたが、かまわず黒板に告示を書きました。

急　告

一、本日より利根子君を支配人世話係より解除の事。

一、明日より喜代子君を支配人世話係として迎える事。
一、明日より蘭々女史を途上園顧問として迎える事。
一、明日午前十時、秋季の御座敷着を該当者全員に支給の事。
右の通り実施の事、支配人より申伝えます。――　月　日

喜代というのは熊本の出身で、年はとっているけれども無口で平凡な、骨身を惜しまず働く女です。この女中を世話係に選んだのは、その役に付けても他の女中に威張る心配がないためと、蘭々女との摩擦を避ける一助ともなるかと思ったためでした。やはり低姿勢というやつで行くつもりでしたが、これもみんな珍品堂の思わく違いになって行くような傾向がありました。蘭々女は途上園にやって来ると、すぐ自分勝手に奥まった部屋を自分の居間にきめ、これから訓辞をするから従業員全部を大広間へ集めるように珍品堂に要求したのです。女中たちばかりでなく、お勝手の婆さん、料理人に至るまで、八十四名の全員です。

低姿勢というのはつらいものでした。止むなく珍品堂が全員を大広間に集めると、女史はみんなを坐らせて臆面もなく口上をはじめました。

「みなさん、ちょっとお時間を拝借いたしますが、みなさんは黒板の告示を御覧になりましたでございましょうか。わたくし、今日から途上園の顧問として迎えられることになりました。つきましては、就任の挨拶を兼ねまして寸感を述べさせて頂きます。」

一座、しんとしているなかで、擽《くすぐ》ったいような訓辞がはじまりました。

「わたくしは、独身の女性でございますが、本日から、わたくしは人妻でございます。つまり、わたくしは本日から旦那様のある身でございます。つまり、この途上園においで下さるお客さんが、わたくしの旦那様でございまして、わたくしが妻の身なのでございます。ですから、わたくしは妻として、お客様がどんなに喜んでこの途上園の御飯を召上って下さるか、御飯を召上ってからどんなに御機嫌よく御出発になるか、どんなに御満足の上で玄関をお出になるか、そういったことだけ、わたくしは考えておりたいのでございます。ですから、わたしは人妻であると申すのでございます。今日、わたくしが途上園で自分の居間として選びました部屋は、北側の陽の射さない穴ぐらみたいな一室でございます。みなさんは、わたくしのことを顧問として扱って下さるかしりませんが、わたくしはお客さんを満足させなくてはいけない妻なんです。

そして、みなさんはその手伝いをなさる妻なんです。みなさんは妻であるわたしの妻なのですから、そのおつもりで働いて頂くように、今からお願いいたしておきたいのでございます。」

訓辞はこれでおしまいになって、女史はそばに控えていた女中頭や三人四人の女中に送られて広間を出て行きました。すると珍品堂の横に坐っていた皿洗いが、舌打をして珍品堂に聞えるように云うのです。

「殺し文句、云ってやがる。あんなのが妻だなんて、俺は御免を蒙りたいね。」

この皿洗いは珍品堂の御機嫌をとるつもりで云ったものでしょう。於千代を介在に女史と珍品堂との軋轢《あつれき》は、もうみんなの目にも見越しがついていることであったのです。無論、珍品堂が利根に変な真似をしたことも、一夜のうちにみんなに知れ渡っておりました。

どうも体裁のよくないことばかりでした。自分の部屋に引返すと、新しく受持女中になった喜代がお茶を持って来て云いました。

「蘭々女先生が、秋のお座敷着は、どこの呉服屋に注文したか聞いて来いと仰有いました。」

「いつも出入りしている呉服屋だよ。くろがね屋さんの本店だ。そう返答しておいで。」

「はい、かしこまりました。」

「蘭々女さんは、お部屋かね。」

「さっき、離れのお茶席にお入りになりました。利根さんとお茶をお点てになるところでございます。」

「そんなに利根を引きつけていたいなら、なぜ自宅に利根を引取らないんだ。それを借問したくなるね。」

喜代は出て行くとまた引返して来て、女史もお座敷着が入用だと云っていると報告しました。何という、けちんぼの女だろう。利根を自宅に置かないのも、食いぶちや経費を節約するためかと疑っても差支えないようでした。それとも、資産のある旦那衆が、自分の好きな女を落籍させないで芸者づとめを続けさせ、絶えず自分の気持を引き立てて行く方便にしているのと同じ心情かもしれぬ。

ところが、漸《ようや》くのことで真相らしいところがわかって来ました。女史が途上園に出勤するようになって五日か六日ほどたってからのことでした。いつも来るとすぐ風呂

に入るんですが、その日は利根がうっかりしてお湯の加減を見そこなったものらしいのです。湯殿の方で癇性に手を叩く音がして、

「利根、おいで利根。早くおいで、何をぐずぐずしてるの。」

と女史の金切声が聞えました。

女中たちは廊下に出て、抜足差足で湯殿の方に近づいて行きました。手を叩く音が止んで、金切声だけが聞えました。

「利根、こんな熱い湯に入れるかよ。あたしだからいいんだけれど、お客だったら大変じゃないか。お前、どうしてこれがわからないかよ。お前、何をまごまごしてるんだよ。」

湯桶を投げつける音がして、それからまた憎たらしげに叱りつける声が聞えました。

「熱いよ。熱いと云ったら熱いんだよ。火傷《やけど》するじゃないか。ゆだっちゃうじゃないか。お前、人を蛸《たこ》だと思ってやがるんだね。」

やっと金切声がおさまると、利根がしくしく泣きながら湯殿から現われて、女中たちの立っているそばを通って手洗所に入って行きました。これでは女史が、いくら利根を自宅に引取ろうと云ったって、利根の方で尻込みするのが当然です。

利根は手洗所に入って一時間たっても出て来ませんでした。女史がお湯からあがってもまだ出て来ないのです。多くの場合、料亭の女中たちの泣く場所は便所のなかであるようです。新参の女中が古参女中にいじめられて口惜し泣きに泣きむせぶのも、たいてい便所のなかだと相場がきまっているのです。

その事件があってからは、利根は人前では蘭々女に対して至って殊勝げな態度をとるようになりました。他の女中たちの前で大恥をかかされたんで、拗《す》ねたり脹《ふく》れっ面《つら》をしたりする代りにそういう出方をしたわけでしょう。妙なものでこの態度は、利根がまだ蘭々女の寵を失っていないことを、他の女中たちに羨ましがらせるという効力を生みました。

一方、蘭々女は利根に対して、人前もかまわず口ぎたなく叱りつけるようになりました。いったん人前で、あられもないざまを見せた上は、どうだってかまわないといったような調子です。それは癇性な男がいったん怒りだすと、止め度もなくがみがみ呶鳴りだすようなものでしょう。毒喰わば皿までといったような激しさです。

「利根、お前のその足袋の裏、どうしてそんなに穢《きたな》いの。そんな足袋、変な聯想を唆《そそ》って猥褻だよ。何をぐずぐずしてるのだよ。仕様がない女だね。棒を呑んだみたいに突っ立って、地下足袋でも履いた火消人夫のつもりかね。さっさと履きかえて来ないかよ。」

蘭々女がそういった調子で極めつけると、

「はい、かしこまりました。」

と利根は神妙にお辞儀をして立って行くのです。

ところが、ちょうどそれと平行に厄介なことが起って、珍品堂もそれに巻込まれる羽目になりました。そのころ、一週間に一度の割で来ていた途上園会員のうちに、某技芸学園の校長で島々徳久という客がありました。口髭をぴんと生やして古風なお洒落をしている中年すぎの男です。あいつは馬鹿だ、いかさま師だ、と世間の一部では云っているのですが、こういう男が却って女を上手に口説きます。これが利根を口説くために、取替え引替え連れの客同伴で続けさまに途上園へ来るようになりました。

この島々徳久は芝居気たっぷりの人物で、技芸学園の生徒一同を集めた講堂に出るときには、事務員に命じて鐘や太鼓を叩かせているのです。まるで真宗の御門跡が講堂に出るときのようなやりかたです。ジャン、ジャン、ジャン。すると袈裟衣《けさころも》をつけた御門跡は、半鐘の音と共に講堂に入って行く。その後《うしろ》には、役僧が大きな朱塗の香爐を恭しく捧げて行く。千両役者が出て来たような恰好です。そこに一種古風な雰囲気があって、昔ながらの善男善女なら有難い気持を起します。それを島々徳久は、さながらそのまま取入れて、学校の講堂に日蓮寺の太鼓と同じの大太鼓を備えつけている。半鐘が鳴り太鼓が鳴ると、モーニング姿の島々徳久が、しゅっしゅっと出て行って生徒一同に向い、現代の嘆かわしい世相を痛憤し声涙ともに下る訓辞をする。生徒は我慢して聞いている。その人が毎晩のように途上園にやって来て、必ずお酌には利根を指名する。しかし心得たもので、初めのうちは手ひとつ握らない。連れの客の話相手にして法螺ばっかり吹いている。実に熱心なもので、そのうちにだんだんと「支配人を呼べ」と云うようになって来る。それで珍品堂がお座敷に出て行くと、あの女中を何とかならんかと商談を仕向けるようになったのです。

そのころ島々徳久の技芸学校は、これこそ順風満帆の経営状態で、入学志望者も学期の途中に編入させられることは出来ませんでした。しかし珍品堂が頼むと電話一本で志望者を入れてくれる。珍品堂の意を迎えるようにしていました。学校のストライキがあって教頭を免職さしたときなんか、珍品堂に教頭事務を毎日一時間だけでも見てくれと頼んだこともありました。

途上園は最も上品な経営方針の料亭ですが、蘭々女が顧問になってからは、会員の主だった人や会長さんには所望に応じて随分いかがわしい忠義も尽すようになりました。これは専ら会員制度を後生大事にするためでした。だから途上園では女中の身売りだけは御法度の方針を堅く守っておりました。謂わゆるいかがわしい忠義とは、錚々たる会員がお連込のときは、御所望によって然るべき場所を御紹介することなんです。

蘭々女は島々徳久が来ても気にかけない風をしておりました。そこにはまた利根と女史との間に云い知れぬ秘約か秘密があったでしょう。利根も名指があれば淡々としたような風で徳久のお座敷に出て、そのつど女中頭の於千代が後をつけて行って利根と入れかわりになるようにしていました。ついに徳久は業を煮やしたのでしょう。今までと違って、馬に乗ってやって来るようになりました。どこで借りて来るのかアラビア種のいい馬に乗って来るのです。腰のところが不意に膨れたニッカボッカのようなズボンをはいて、ビロードのコートを着てやって来る。玄関へ来ると先ず馬からぱっと降りる。長靴をはき、鞭《むち》を持った手で馬の口を取って、手綱を下足番に渡してから白い手袋を脱ぐ。なかなか恰好のいいものと自認しているようでした。控室のホールに入って来ると、御自分が招待しようとする六人七人もの知り合いのところへ、じゃんじゃん電話をかけ、女中にお座敷へ案内されながら景気のいい声で好みの料理を注文する。見るからに忙しそうな、そして勇ましそうなものでした。

料亭としては、こんな気障《きざ》な客が気障にしている間じゅうは安心に思っていて差支えない。気障にさせておくのが一つの商法です。気障でなくなったら、こんな客は無縁になってしまいます。いずれにしても学校経営というものは、時と場合によっては会社を経営するよりもまだ割がいいものと思われます。こういうような会員が、二十人や三十人いなくっては料亭はお倉が建たないのです。

とうとう、島々徳久と利根は出来ちゃったんです。珍品堂としては腑に落ちないところもあったんですが、でも実際に見とどけたのだから有無を云わせぬ事実と思わなくてはならないのです。蘭々女に対して、ざまあ見ろと云いたいような気持もありました。二人が出来ていると確かめられる現場を見つけたのは、珍品堂が大塚の青田梧郎のところへ昔の能面を見せてもらいに行くときでした。大塚の停車場前から花街の方に少し引返して行くと、「猫柳」という屋号の待合風の宿がある。その家の表口で、旅行鞄を持った島々徳久と、肩にショルダーバッグを掛けた洋装姿の利根が、見送りを受けながら自動車に乗りこんでいるところでした。女中みたいな女が三人も見送りに出ていました。連込宿としては特別の身の入れかたでしょう。珍品堂は小型のタクシーで通りすぎながらそれを見ました。先方は気がつかないが、珍品堂は島々徳久の特徴ある口髭も利根の珍しい洋装姿も見たのです。利根がその前日、一週間のお休みを取って実家へ行くと云った意味がわかりました。

ところが蘭々女に対して、ざまあ見ろと云いたい気持の反面に、やきもきする気持が珍品堂の胸いっぱいに拡がって来るのです。青田梧郎のところへ行って能面を見せてもらっても、それを手に入れた苦心談を聞かされても一向に興味が起らない。青田の見せてくれたのは、能面として極めて初期の形式に属するもので、口から上と顎《あご》の部分が二つにわかれて紐でつないでありました。青田はこの能面を遠州浜名湖から遥か北の方に当る寒村から買って来たということでした。

この青田梧郎という好事家は、山路孝次や来宮竜平なんかとは趣向を異にして、一流の骨董屋でいい品物を買うのでなく、意外なところから珍品を掘出すのに妙を得ている男です。屑屋のような店、またはとんでもない遠方に出かけて行って、人が廃品同様にしている品物のうちから気に入ったものを見つけ出して来る。それには忍耐と、費す年月というものが必要であるのです。よほど前に、顎のがくがくする古い能面が遠州の田舎で発見されて国宝に指定されたことがある。それは高砂《たかさご》の爺婆の婆さんの方の能面であった。それに目をつけた青田梧郎は、婆さんの能面が出たからには、遠州のその田舎には爺さんの能面があるに違いないと思った。そこで遠州浜名湖からずっと北に当るその寒村に出かけて行き、一軒の屑屋を訪ね当ててこう云った。

「この村には、たしかに顎のがくがくする能面がある筈だ。高砂の爺婆の爺さんの方の能面だ。もしそいつが見つかったら、見つかったと電報を打ってくれ。きっと僕が買いに来る。この電報用紙で知らせてくれ。」

青田梧郎は電報用紙に切手を貼りつけて、自分の住所姓名も書きつけておいた。すると、それから何年かたって能面が見つかったという電報が来た。さっそく遠州のその田舎へ出かけると、果して国宝になった婆さんの能面とお揃いの爺さんの能面であった。

「もうそれも、戦前のことなんですがね。でも、そのときの嬉しさが忘れられないんです。胸が、ごっとんごっとん動悸を打って。」

「そんなときは、誰だって、全財産を投じても買おうと思うものですね。」

「いや、相手は屑屋ですからね。掛引なく先に値段を云いました。ぼろ屑を売るようなつもりだったんですね。私の胸はごっとんごっとんです。この能面は、その村の水車屋の子供が玩具にしていたそうでした。私は埋もれた文化を探し得たことですからね、ますます胸がごっとんごっとんです。」

事は戦前の話であったというのに、青田梧郎は極めて最近の掘出しのように興奮の色を見せながら云いました。

「話は、明治三十八年の、日露戦争の終ったときに溯《さかのぼ》ります。その村でも戦捷祝の大騒ぎで、青年男女がヒョットコ面やお多福の面をかぶって踊りまわったというのです。ところが、お面が足りないんで、村のお寺から爺さん婆さんの能面を借りて来たんですね。そして、お寺へ返すのを忘れたままになっていたそうです。お寺でもそれを玩具同然のものとして、不問に付していたことですからね。所有権は水車屋の子供にあったわけじゃないでしょうか。時効を問題にするにしても、法律書で見るより常識で判断した方が妥当ではないですか。」

せっかく微妙な話だが、珍品堂は「そんなもんでしょうね」と気乗のしない相槌しか打てませんでした。ここに出向いて来る途中、いけすかない島々徳久と利根のやつが、連込宿から出るところを見たからであったのです。ジンスケというのがこれなんでしょう。しかし青田の見せる能面は素朴にして力感ある翁の風貌を持っていて、今、もしこれが自分の所有物になるのでしたら話はまた別でした。

青田梧郎は能面を箱におさめると、乾山の色紙皿や光琳の伊勢物語絵巻の残欠などを見せてくれました。無論、見せてくれるだけで売ってくれるのではないんです。珍品堂は青田邸を出て来ると、とにかく気持のうちでは業務上の見学を名目にして、さっきの「猫柳」という連込宿にあがりました。ビールと肴を注文して女中にはこう云いました。

「間もなく連れの女が来るからね。禿げ頭の人の部屋と云ったら、ここへ通しておくれ。それまで姐《ねえ》さんのお酌で飲むとするか。姐さんも飲むなら、酒も持っておいで。」

女中は年が四十ちかい擦れっからしのような女ですが、コップ酒を二杯まで飲んでも口の固いやつでした。このごろ口髭を生《はや》した男が拗いという話から、ここの家なんか八字髭のお客が来るだろうかと話を持ちかけても無駄でした。心得ているのです。

女中はげらげら笑って、

「いまどき、八字髭のお客さんなんか。」

と話を逸らしました。

「しかし姐さん、八字髭の男だって世間にはまだ相当にいるよ。禿げ頭と八字髭は、精密な統計によって云うと、戦前には頭数が殆ど同じだと云われていたもんだね。」

「あのころは、軍人さんがありましたからね。このごろでは、すっかり見かけませんですわね。」

「戦後は、上品な貴族趣味のお客さんが口髭を生やしてるよ。客筋のいいお茶屋には、たいてい口髭の常連客があるもんだね。」

「では旦那さん、禿げ頭のお客さんがこの家においでになって、八字髭のお客さんが来てくれないのは、こりゃ何だ。そもさん、ですわね。」

女中は一生懸命、ちゃらっぽこを言って話を逸らそうとしたのです。

どうやらこれで、島々徳久がこの家の大事な大事な客だと思って間違いない。もうこれ以上に云って感づかれても拙《まず》いんで、珍品堂は連れの女にすっぽかされたことにして外に出ましたが、あるいは島々徳久はこの連込宿の投資者かもわからないと、女中の態度でそう思われるふしもありました。

利根はその前日から一週間のお休みをとっていたのです。亡父の法事で、実母と一緒に田舎へ行くというのが理由でした。しかし初めのうち珍品堂は、実は蘭々女が利根を連れて大阪へ出かけて行くのだと思っていたのです。先日、たまたま途上園の金主の九谷さんが、電工具製作会社の重役会議で大阪へ出かけると、種田という若い重役が大阪の曽根にある自邸を九谷さんに利用してもらえないかと云ったということです。家賃を聞くと、宏荘な邸宅ですが嘘みたいな安い値で貸せると云ったので、九谷さんは途上園の大阪支店に当てるために契約を結んだということでした。

種田というのは大阪の大相場師の倅です。父親が亡くなって、持てあますほどの大きな遺産を電工具製作会社に注ぎこんで重役におさまっていたそうです。大阪曽根にあるその種田邸に、珍品堂は自分が支店創業の責任者として差向けられると思っていましたが、豈図《あにはか》らんや、蘭々女が行くことになったんです。白羽の矢が、耳もとをかすめて逸れたようなものでした。

九谷さんは珍品堂にこう云いました。

「君ほど食物の味のわかる人はいない。君は味覚の天才だ。営業も申しぶんなく巧妙だ。しかし、支店の企画は蘭々女さんに一任したよ。どうせ支店でも、会員制度にするんだろうからね。実業家に縁のある蘭々女さんが適任だと思う。当分のうち、君は蘭々女さんの企画に応じて、側面から女史を援助してくれたまえ。いずれ蘭々女さんは、曽根の家を検分して、それに向くような道具類を僕に要求して来ることになっておる。大阪から電話で云ってよこす手筈になっておる。だから僕は、君に電話で相談して、君が承知なら調達の労は君に任せたい。」

嬉しいような用命ではありますが、実は雑用だけを仰せつけられたようなものでした。

蘭々女は大阪へ出かけるについては張りきって、着替の着物を二つの鞄にいっぱい詰めこんで、お由という年増の女中をお供に連れて出かけました。珍品堂が大塚の青田梧郎のうちへ行った翌日のことでした。おそらく蘭々女は大車輪の活躍をしたものと思われます。東京を発って五日目には、もう支店の会員を六十人あまりも獲得したということで、これは九谷さんから電話で知らせがありました。その同じ電話で九谷さんは、こんな風にも云うのでした。

「そこで、さっそく君に調達してもらいたい品は——一つ一つ云うからメモに取ってくれたまえ。お膳、食器類、これは、途上園本店のものと同じ手のものを、合計三百人前、それぞれ注文してもらいたい。それから、風呂場のタイルだがね。いずれ図面も届くだろうが、前もって製作者に交渉しておいてもらいたい。白いタイルと織部焼のタイルと二種類必要とするそうだ。蘭々女さんの注文では、タイルは神奈川の都留《つる》老人に製作を依頼してもらいたいそうだ。広い風呂場のまんなかに、大型の浴槽があって、そのまわりに西洋風の小判型の浴槽が幾つも並ぶのだね。豪華な湯殿を想像することだよ。ちょっと派手すぎるが、蘭々女さんは意識的に少し下品にしたいと云っておる。万事、その方針で行くものと思っておいてもらいたい。」

名指の都留老人という陶器師は、珍品堂も骨董好きの仲間として知っているのです。これは九谷さんのいる茅ヶ崎の少し手前の町に窯を持って、茶碗や皿や湯呑など、ショウウィンドの陳列用に向くものを焼いている。絵も描くし漆器もやるし、多芸多能の老人です。しかしこの老人と珍品堂は、以前、ある骨董品を鑑定するとき意見が合わなくて喧嘩わかれのようなことになったまま今日に及んでいる。このいきさつは蘭々女も薄々ながら知っている筈だ。それを敢て都留老人に風呂場のタイルを注文させたのは、珍品堂を困らせるように仕向けていることがよくわかるんです。でも珍品堂は、出たとこ勝負と観念して都留老人のところへ訪ねて行きました。用件を持ち出すと、案の定、老人は不機嫌な顔で断わった。

「真平御免を蒙ります。」

「なるほどね、そうですか。真平御免だと云うその気持はわかります。わかることはわかりますが、でも、タイルと云ったって織部焼のタイルです。豪華な桃山風の湯殿を想像してもらいたいですね。タイルはタイルでも、織部焼は織部焼ですからね。」

「タイルなら、土管製造屋にでも訪ねて頼んだらいい。」

取りつく島もなかったので珍品堂は帰って来ました。

九谷さんには、都留老人の虫の居どころが悪くって断わられたと報告した。これは蘭々女の思う壺だろう。結局、この日は当然のところ珍品堂の虫のいどころも悪くって、お運びの女中を大きな声で呶鳴りつけてしまいました。御常連の宮沢さんのお座敷へ出す料理が、珍品堂のカードに書いて出した献立とまるっきり違っているのです。

「駄目だよ、その料理。カードの献立表と違ってるじゃないか。お運びの女中は、一応カードを見て、違っているかいないか確かめてから、お座敷へ持ってかなくちゃ。分ってる筈じゃないか。お前、駄目だ。」

「わたくし、カードと較べて見て、違ってますと料理長さんに云いました。料理長さんは、それでいい、持って行けと云われました。」
「そんな馬鹿なことあるか。何を云ってるんだ、料理長は何を寝呆けてるんだ。」
献立は一人一人の嗜好に応じ、このお客にはこういう風にと、先ず料理長がカード
に書いて出すことになっている。それを珍品堂が見て、お客の年配やら嗜好やら、ま
た珍しい材料があったりすると、このお客にはこれがいいだろう、あれがいいだろう
と献立表を修正する。しかるに板前が勝手にそれを変えている。
「おい、料理長。」
勢い込んだ珍品堂は、調理場をのぞいて大きな声を出したんです。
「宮沢さんのお膳の上が、カードの献立と違ってるじゃないか。何のためのカードだ
と思ってるんだ。しかも、大事なお客の宮沢さんだ。」
その場の者は、みんなこちらを振向きました。
「係の女中が云ったもんですから」と板前が云いました。「宮沢さんは、テンプラが
お好きだと云って、わざわざ云いに来たもんですから、その通りに私はやりました。」
「宮沢さんの御注文かね。いったい係の女中は誰だ。」
利根と仲よしの菊代だというのです。それで菊代を呼びつけると、その場の空気に

怖れをなして「すみません」と謝まるので、「すみませんだけでは、すまないんだ」と、おかまいなしにがんがん叱りつけました。

献立というものは大事です。途上園では振りの客はともかくも、常連の会員は前々日か前日か、遅くもその日の午前中までに電話で申込んで来るのです。三日も四日も、一週間も前から申込があるほどですから、献立は前もって珍品堂が吟味して、ああでもない、こうでもない、こんな風にしよう、この季節だからこうしようと、いろいろに工夫をする。ずいぶん骨を折って考えるんだ。それを女中が、勝手に変えているから怒らないではいられない。しかも、菊代というのは新規に入って来て、利根が蘭々女に寵愛されているのに目をつけると、のっけから利根と仲よしになっている。別嬪だけれども性根はずるい女です。そいつをまた蘭々女が、ぞっこん贔屓にして女中頭や利根と同じように裾模様の着物をきせ、金銀の市松なんかの帯を締めさせているのです。そいつが美貌を鼻にかけたようなつらをして、洒々《しゃあしゃあ》としているのを見ると虫《むし》酸《ず》が走るんだ。

「小便くさいくせに、差出がましいことをする女の子だ。宮沢さんの御注文なら別問題だが、お前なんかカードの献立を変えることは絶対にならん。新規に来たお前なんぞ、何を知ってると云うんだ。お茶を点てるすべも知らず、いやに手首をぐるぐる廻したがる。何かにつけて、わけもわからず新語を使いたがる。昨日だったか、ホールでお前は、スタイルとスチールをいっしょくたにしてお客さんと話をしておったろう。お前なんぞ、献立に口出しすることはならんのだ。この馬鹿野郎め。」

その場で珍品堂はがみがみと叱りつけました。帳場の方には七八人の者がいるし、調理場には料理人や皿洗いなどがいて、そこらに女中もうろうろしているし、満座のなかで叱ったことになりました。

「わたしは本当に至らぬことをしました。申訳ありません。これから気をつけますから。」

相手はきまり文句で謝まったが不貞くされていて、その謝まりかたが実にまたそらぞらしいものでした。云いなおせば「わたしが悪かったそうですね。わたしが謝まれば、それでいいんでしょう。わたしは、蘭々女先生の寵をほしいままにしています」と云ったような調子です。

途上園創業このかた、珍品堂はこのときほど大声を出したことはないのです。調理場の者、帳場の者、女中たち、たいていの者がびっくりしているようでした。

それから三日目か四日目のお昼すぎ、不意に蘭々女が大阪から帰って来ました。むっつりとして、コートも脱がずに自分の部屋にすっと入って、帳場と仕切の硝子窓のカーテンをしぼるだけで、お風呂に入ろうとする様子もない。見ると、椅子に腰をかけて火鉢のふちに足をちょこんと載せ、懐中鏡を見ながら白粉を顔につけている。そこへ菊代がおしぼりを持って行き、利根がお茶を持って行き、菊代の方は何やら頻りに蘭々女にお喋りをやりだしました。

珍品堂はすぐに感じました。蘭々女の足を載っけている火鉢には、いつ部屋の主が大阪から帰るとも知れない筈なのにちゃんともう火が入っている。部屋の主がいつ帰るか菊代にはわかっていたわけでしょう。さっき蘭々女は煙ったい顔つきで帰って来て、女中たちの出迎えには目もくれずにすっと部屋に入って行きました。胸に一物あるからです。菊代が手紙で蘭々女に何か急報したものだと見ていいのです。それでも珍品堂が知らん顔をしていると、菊代が白々しい顔で「蘭々女先生がお呼びでございます」と呼びに来ました。

それで蘭々女の部屋に入って行くと、それまで部屋の隅でしょんぼりしていた利根が茶碗を下げて行きました。珍品堂は女史と向い合せの椅子に腰をかけ、ねちねちした調子の非難の言葉を聞かされることになりました。

「甚だ申しかねますが、これは尠くも大切なことでございますから、お耳に入れておきとうございます。一体この店は、わたくしが留守のときには、貴方に一切の支配をお任せしてあるわけですが、店の騒ぎを静かにさせるというのが支配人の役目であるにもかかわらず、支配人が御自分でみずから騒ぎを大きくして、火の上に油をかけるようなことをして頂いては困るんでございます。わたくしは、この店の顧問就任に際しまして、一同の心得をうながしておいたように記憶いたします。」

「一体それは、どういう意味なんです。具体的に云って頂きます。」

「それは、たとえばでございますね。女中がお客さまの前でスタイルとスチールを取り違えて発音したと致します。わざと取り違えて発音したと致します。お客さまによっては、こんなのは非常にユーモラスな擽《くすぐ》りだとお受取りになるかたも、無きにしもあらずでございます。それを学校の英語の時間のように、正面きって咎《とが》めるのは、大人げないと云いますか何と云いますか、料亭の支配人として女中に対する正当な態度ではございませんでしょう。」

「わかりました。御説の通りです。そんなことで私をここへお呼びになったんですね。」

「それでは、端的に申します。お客さまの献立なぞというものは、それは支配人と相談しなくてはならないものでございます。そうかと云って、貴方の考案なさった献立も、幾ら何だって、これで万全とは限らないんじゃないんではございませんでしょうか。どんな品物にも、どんなお料理にも、絵だって音楽だって、もうこれで百点満点ということはあり得ないんじゃないかと思います。お客さまのお料理の献立に、女中が口出しをしたって、これは忠勤の現われだと見る感性が必要なんじゃございませんでしょうか。」

やにっこい云いかたです。これが珍品堂にぐっと来た。何たることだ。

「では、お答えします。そして質問します。無論、私という人間は至らぬところが多々あるし、忠実にやっているとは云えないかもしれないです。だが、あなたの一週間以上の留守中に、何があったか支配人の報告を聞いてから、あなたが判断を下されるんなら結構です。ところが新参の女中の、一人や二人の云うのを聞いて、支配人をたしなめるというような、そんなやりかたはないでしょう。そんなに信用のない支配人でしたら、支配人の私をやめさせるべきだ。私は、やめなくっちゃ仕様がないじゃないか。あんた、やめろと云いなさい、私を信用しないなら。」

「いいえ、どう致しまして、やめて下さいと云ってるんじゃございません。」

蘭々女は眉間に皺を寄せました。これは勿体ぶってみせるときのこの女の癖ですが、今すぐ珍品堂に止されては、珍品堂贔屓の会員や会長さんに対して拙いと気がついたんでしょう。いや、初めからそれは心得ていた筈なので、事のついでにもう一つの懸案を片づけようと思いついたんでしょう。ころんでも只は起きない女です。ちょっと譲歩したかのようにこう云いました。

「それでは、あなたのお顔が立つように工作させて頂きます。もともと、あなたのことを問題にした張本人は、利根なんでございますからね、利根を解雇いたします。あなたのお気のすむように、あなたのお口から、どうか利根に解雇を云い渡して下さいませ。」

利根には島々徳久という旦那がついている。島々徳久は会長さんのお気に入りの男である。女史がそれを知っているからには、利根に解雇を云い渡す役は他人に押しつけたいのも道理です。何ていう嫌やな女だろうと、尚さら珍品堂にはぐっと来るものがありました。

「私は、そんな役目なら御免を蒙ります。利根に旦那が出来てることが、あんたの耳にも入ったんでしょう。だから、お払箱にしたいんでしょう。だから、首切り役を私に仰せつけようなんて、あんた、少し人が悪くないですか。」

「あら、とんでもございません。利根に旦那が出来たなんて、あたくし初耳でございます。」

「では、利根に旦那がないものと仮定して、話を元に戻します。あんたが利根を解雇するつもりなら、ちゃんと御自分で利根に仰有ったらいい。」

「では申します。あなたは、この途上園の支配人さんでいらっしゃいます。あたくしはここの顧問でございまして、女中の任免権はあたくしにはございません。ですから、今までも、あたくしが女中を雇う場合には、一応あなたの許可を得て、あなたのお口から採用すると当人に云って頂いておりました。今後ともその通りにいたすつもりです。あなたから、利根に云い渡して頂きます。」

「お断わりします。」

利根が浮気をしたので、女史が解雇したがっていることはよくわかる。だから知らん顔して見せることは、女史にお灸をすえてやることになるわけだ。珍品堂はそれと見て尤もらしく嘘をつきました。

「私は何も、意地っぱりで云ってるんじゃないんです。最近わかったことですが、利根のお袋にはヒモがついているそうです。そのヒモが私には苦手なんですよ。やがて島々徳久さんも、利根を玩具にしたことを後悔するでしょうよ。ヒモが利根のお袋よりずっと年下で、倶利伽羅《くりから》もんもんのあるアンちゃんだとわかってみると、利根のことには触れないでおくに限りますね。」

これには女史もちょっとひるみを見せました。

「それでしたら、それはまあ何でございましょうけれどもね。」

海千山千の傲慢な女史ですが、一ぱい喰わされたとも知らないで、何か思い当るところがあると云いたげな様子でした。

「とにかく、利根の母親のことはそれといたしまして、利根のことは、あなたの御裁量にお任せします。あなたのことを、あたくしに讒訴《ざんそ》した元兇は、利根なんでございますから。」

「しかし、利根はあなたを信頼して、一身をすっかりあなたに任したつもりで云ったことなんでしょう。だから、あなたの裁量に任せます。私は危きに近寄らずです。」

女史もしたたかでした。

「あなたは、わざと尻込みしているようにしてらっしゃいますね。あたくしにはわかるんでございますよ。」

それが図星であっただけに、珍品堂はかっとなってしまいました。

「面倒くさいこと、俺はきらいなんだ。繰返して云うが、あんた、俺にやめろと云いたいんだろう。やめろと云ったらどうだ。私を締めだすつもりなら。」

もしこれが雇人たちの前だったら大変だったでしょう。相手は金切声で喰ってかかったかもしれないんです。

「何とか云ったらどうだ。てめえ、どうして俺に煮えくり返るような思い、させたいんだ。」

珍品堂が殺気だって立ちあがると、

「タンマ。」

と女史は、子供のように云って珍品堂の気を殺《そ》ぎました。

「ねえ支配人さん、タンマ。ほんと、あたくしが悪うございました。」

あどけない女の子のように頭を下げるんです。思いもよらないことでした。すっと一陣の風が通りすぎたような感じでした。今までの殺気だった気持が吹き飛んで、苦笑が浮かぶ代りに、どうしたことか涙が込みあげて来るのでした。

甘い甘い話です。涙というものは、ときによっては涙をこぼす当人を迷わすものではないでしょうか。珍品堂はそのときの涙を感動の涙であると思いました。その結果は、ほっとして女史と仲なおりをしたのですが、「タンマ、くぅずした」が付きものだということに気がつきませんでした。蘭々女のような手合の人間は、利害をともなう事件の状況次第では、どんなきっかけでどの程度譲歩するか、どんな手をつかって凫《けり》をつけるかが問題であるのです。こんなのを相手のときは、ずるいやつの方が勝ったと思うようなことになりかねない。負けたと思うやつの方は、またしても腹が煮えくり返るようなことになる。雨降って地固まるなんて楽観的なことは許されない。

またしても騒ぎが起りました。蘭々女が会計の助手を呼びつけて、給料一箇月分の退職手当で解雇を云い渡したことから起ったごたごたでした。この会計助手は佐々道蔵と云って四十すぎの男です。独身だが非常に堅人で、むしろ沈鬱な感じの男です。算盤を弾いたり請求書を書いたりして、ちゃかちゃか集金して歩く以外には能もないような、正に番頭助手の典型です。これは蘭々女が金主の九谷さんに推薦して、九谷さんが帳場に入れた男ですが、蘭々女にお上手の一つも云わないし、同じ党派の女中頭にもろくに口をきかないほどの偏窟です。

解雇の理由は、女史の斡旋した茶会の会計書と、その次の日にまた女史の斡旋した茶会の会計書を、佐々道蔵が取違えて集金に行く間違いをやらかした。それが蘭々女の面目をつぶしたとなって、いきなり呼びつけて解雇の云渡しです。

その晩のことでした。皿洗いと調理場の若い者が二人に、若い女中が三人、珍品堂の居間にやって来て、音頭取とも見える皿洗いが云いました。

「我々は、いつ何どき首になるかわからない。あの真面目な佐々道蔵は請求書を取違えたばっかりに、一言のもとに首になって、退職金は月給の一箇月分ということだ。人道的に許しがたい。今や、蘭々女さんの専横は我々の生活権をおびやかす。支配人を前にしては云いづらいが、我々が従業員組合をつくらなかったのは手ぬかりであった。我々は結束して蘭々女さんを排斥する必要に迫られている。あの金ぴか女史を追い出したい。その目的をもって、我々はストライキに突入するつもりである。ついては、支配人さんにもこの運動に合流してもらいたいのが我々の念願だ。」

そういったような意味のこと云って、連れの若い者たちもそれに準ずることを云うのです。みんな悲憤慷慨して云うのです。それにしては、皿洗いの云うことが形式的でありすぎて、また退職手当が月給一箇月分だというのも妙なものでした。珍品堂はこれに気がつくべきが当然でしたが、排斥されるやつが憎たらしい女史のことだから心に迷いがあったようでした。みんなの云うことに乗せられて、ついこんなことを云ってしまった。

「蘭々女という女性は、いったん云い出したら人の云うことなんか聞く女じゃない。それはみんなも知っている通りだ。だが現在、みんなは猫の首に鈴をつけに行く鼠のようなこと云ってはいる。騒ぐだけでは駄目なことだ。みんなで固く団結しなくてはね。」

みんなの騒ぎをたしなめるような風で、うらはらの煽動するようなことを云ってしまいました。

「あの女史は途上園の監督者だからね、使用人の任免には手をつけることは出来ない筈だ。それは女史も、充分に心得ていることなんだ。」

「そうです、蘭々女さんには任免権はありません。あの横暴が黙視しがたいのです。

我々は大いにやります。」

そう云ったのも音頭取の皿洗いでした。

これは蘭々女が途上園の広間で「就任の挨拶」というのをやったとき、蘭々女のことを「殺し文句、云ってやがる。あんな女は、真平御免だ」と、珍品堂のうしろにいて云った男です。若いけれどもよく気のまわる皿洗いです。

「みんな、首を覚悟しなくっちゃ、できない相談だ。」

珍品堂はみんなの反応に気を配りながら云いました。

「この状態では、みんなが安心して仕事ができないと云うなら、ここらで大いに結束して然るべきかも知れん。とにかく、仕事場を大事に守る観念は尊重すべきだと思う。その決意で蹶起しないんであったら、邪道ではないか。一応、それは忠告しておきたいね。しかし、みんな本当に職を賭してやるんだったら、僕も大いにやる。君たち、やれるかね。女中頭の於千代とか女史の腹心は別として、他の諸君もみんなやれるかね。」

「やると思います」と皿洗いが力づよく云いました。「勿論、ここにいる我々はやりますが、いっぺんみんなに聞いて来ます。」

夜の十二時すぎだったので、蘭々女は自宅へ帰り、女中頭の於千代は寮に引取っているところでした。密談をやるには絶好の機会です。珍品堂は途上園の顧問弁護士に、明日の朝早く来てもらうように電話をかけ、音頭取の皿洗いに、先ず料理長を同志として獲得するように云っておきました。みんな興奮がとまらない風で、三人の女中は、首になった会計助手が可哀そうだと、ぽろぽろ涙をこぼしながら部屋を出て行きました。

その夜、珍品堂は争議の成りゆきをいろいろと思い描き、とにかく女史に支払う仏像の代金の残額は、明日のうちにすっかり渡してしまう腹にきめました。手持ちの骨董を三つ四つ小石川の八重山に売払えば工面のつくことなのです。

翌朝、起きぬけに八重山へ電話すると、顧問弁護士よりも先に八重山がやって来て、鎌倉期の瀬戸瓶子《へいじ》と、火鉢に代用できるエンゴロと、柳の彫模様のある古瀬戸の花瓶と、この三品で必要以上の金を置いて行きました。これは珍品堂が窮極の愛玩物としていたものばかりですが、蘭々女排斥運動の資金を確保しておくつもりもあって惜しいところを手放しました。

女史に支払う金は、前々からの例で女中頭の於千代に渡して受取をもらっておきました。ざまあ見ろと云いたい気持でした。人を詛《のろ》わば穴二つということを忘れておりました。

顧問弁護士は急用があって遅れたと云って、お昼すぎに自動車で駆けつけて来ましたが、幸い蘭々女が自宅からまっすぐに大阪の支店へ出張して行ったとのことですから、珍品堂は胸を撫でおろしました。排斥運動の連中は、珍品堂が表紙に「連判状」と書いた帳面に、昼御飯のときまでに五十人あまりの名前を取りました。途上園の従業員は調理場に十五人、帳場に六人で、男だけで二十一人です。女はお座敷女中、お運び、お勝手の女などで六十三人です。男女合計八十四人。下足番や夜廻り番は正式の従業員でなくって日当で勤めをやってる雇員であるのです。

珍品堂は連判状を弁護士に見せてやると、途上園の組織に詳しいこの法律家は云いました。

「蘭々女さんは、名義が途上園の顧問ということになっていた筈でしたね。職員名簿にさえ名前が入っておらんのですから、あなたの意志によって、貴方の名前を記入して、内容証明で解雇通知を出せばいいでしょう。しかし、大阪の支店の方はどうなります。大阪では、すっかり蘭々女さんの党派の従業員で固めてあるんでしょう。」

その通りです。珍品堂の息のかかった支店の従業員は、みんな首にするか東京の本店に送り返すか、そのいずれかに女史が始末をつけていたのです。

「大阪は大阪、東京は東京と、はっきり区別して扱うことにします。東京のこの店の支配人は私ですから。それに連判状にも、八十四人に対して五十人以上の名前が揃っています。」

「念のために伺いますが、金主の九谷さんの御意嚮《いこう》は。」

「従業員の意志によって勃発した排斥運動です。私は正しいと思う方に荷担すればいいわけです。仕事を大事と思って着手した運動です。」

「では、あなたの意志に従います。解雇通知には支配人の捺印さえあれば結構です。解雇の理由は、人道上の問題にからませておきますかね。」

弁護士の山本さんは、大して興味もなさそうに書類を書いてくれました。

この書類が出来あがると、連判状に名前を書いてない連中がぞくぞく署名にやって来て、女中頭の於千代まで署名に来たのは意外なことでした。金主の九谷さんは関西方面を旅行中とあったので、事の次第を詳しく書いて今後とも応援して頂きたいと頼んでおきました。

排斥運動に入った連中は、夜、お客が帰ってから広間に集まって大いに気勢をあげました。どこで誰に聞いたのか、頼みもしないのに江木本という転向者がやって来て、みんなを激励する大演説をぶって、いやが上にも気勢をあげました。この江木本は「途上園」という宣伝雑誌の編輯を受持っている男ですが、これは雇員として珍品堂が入れていたのです。演説が非常にうまい男です。排斥運動に入って三日目の夜は、もう江木本は八十人あまりの同勢の指導者格に奉られ、前の晩の演説と重複しないような別の文句の演説で煽るんだ。謳い文句は「人道の敵を討て」である。みんな、くたくたになるほどに煽られて、熱弁を聞かされたおかげをもって、お勝手の婆さんなんかも労働争議の用語を幾つか覚えたほどでした。

そこで実行方策としては何をするかというに、蘭々女が来ても絶対に玄関に入れないことにしたのです。みんなで突きだしてやろうと話がきまりました。それから、東京でそれを首尾よくやりとげたら、今度は大阪の支店の従業員を入れかえて女史の排斥をやりとげる。まさかスクラムなんか組まないけれど、暴力に訴えても家のなかには決して入れないという作戦でした。江木本の提唱によるのです。

「あの女史の、高慢ちきな鼻がつぶれてもかまわない。あの女史の、膨脹しているけつを蹴とばしてもかまわない。女史が玄関先に来たら、力まかせに玄関の戸をしめるべきである。鼻の先でぴしゃり。」

江木本はそんなことも云って、突如、みんなを笑わせたりした。

珍品堂も熱に浮かされているようであったのです。いささか無謀だとは心の底で思いながら、もう引っこみがつかないので衆を恃むようになっていたようでした。みんなも同じような心情であったと解されるところもありました。お互に持ちつ持たれつの気持で、熱に浮かされているようなところがありました。女史の腹心の於千代でさえも、すっかり改宗してみんなに同調しているような素振を見せました。ところが、金主の九谷さんが関西旅行から帰って来て、労働争議など以てのほかだ、謀叛は罷りならぬ、すぐ争議の組合を解けと、電話で女中頭の於千代に厳命があったということでした。珍品堂は初めそれを知らないでいましたが、その晩は熱弁家の江木本も姿を見せないし、女中たちも後仕舞をすると寮に帰ってしまったので、これには何か筋書があったのだなと気がつきました。いや、初めからそれがわかっていたんだというような気もしました。わかってはいたけれども、瓢簞《ひょうたん》から駒が出るのを当てにしていたのだと、自分で自分に云って聞かせたいような気持もありました。

その晩は、広間へ行った形跡のある者は一人もいないようでした。初め争議を起す音頭取をしていた皿洗いも、また解雇を云い渡されてみんなに同情されていた会計助手の佐々道蔵も、後仕舞をすると何くわぬ顔で帰って行くのです。於千代のごときに至っては、憎らしいほど落着きはらって「お先に失礼いたします。御機嫌よろしゅう」と珍品堂に挨拶して引取って行きました。

九谷さんの厳命ともなれば、女中たちにとっては鶴の一声とまでは行かなくても、相当の効力がある筈です。そこへもって来て、九谷さんと凄腕の蘭々女が腹を合せた上でのお芝居だとわかったら、料理長だって鳴りをひそめるにきまっている。まだ若僧の皿洗いの口車なんかに乗せられて、まんまと引っかかった珍品堂が、ちょろいんです。この前、皿洗いが蘭々女のことを「殺し文句、云ってやがる」と云ったのは、そのときからもう女史に意を含められていたのではないかと疑ってみたくなることでした。その皿洗いが初め珍品堂の前に連れて来た囮《おとり》の連中は、みんなまだ人ずれしていない者ばかりです。あの連中はどう思っているだろうと、たった一人でも自分を弁護してくれる気持の者があってもらいたかったのが珍品堂の本心でした。

その晩に限って夜番も鳴りをひそめ、妙にひっそり閑としておりました。珍品堂は寝酒でもくらって大鼾かいて寝てやれと、係の女中の喜代に夜食の給仕をさせました。喜代は萎《しお》れきってお酌をしていましたが、そのうちに堪りかねたように両手で顔を覆って啜り泣きを始めたので、つい珍品堂は云わでもがなの愚痴をこぼしました。

「第一、あれっぽっちの理由で、帳場の者を首にするというのが変てこなものさ。しかし、それが敵さんの手であったかもしれないな。こちらを飛びつかせるためにさ。それから、月給の一箇月分。それっぽっちの、解雇手当という触込みも曲者だね。喜代、お前さんどう思うかね。」

返事がないので、独りごとの愚痴になりました。

「今の俺のような人間は、突きだし者にされた人間というやつだな。これが歌舞伎の舞台なら、突きだし者はお祭佐七か何かで同情が集まるがね、この突きだし者は、愚痴っぽくって、顔も薄ぎたねえよ。」

泣いてる女にお酌させるのでは面白くも可笑しくもない。こんなくさくさする晩は早く寝るに限るんだが、珍品堂は思いつくことがありました。時計を見ると十二時ちょっと前でした。

「出かけるから、タクシーを呼んでくれ。急いで来てもらってくれ。」

喜代は泣きじゃくりながら電話をかけました。

「それから、新橋の三蔵という料理屋へ電話して。今、すぐ飲みに行くからって。俺の名前を云えば、おかみのやつ、店をしめないでちゃんと待ってるんだ。」

そうだ、そうだ、いい思いつきだとばかりに珍品堂は背広に着替え、自動車が来ると新橋に向けてもらいました。

三蔵の店に行くのは久しぶりでした。この店のおかみとは九谷さんを介して古馴染の仲ですが、途上園の経営にとりかかる前には、今にも云い寄るような素振を見せられたことが五度や六度ではないのです。それを素振だけのことにさせないで、もっと思いきったことにさせるように仕向けたことも一度や二度はありました。しもぶくれのした準旧式型の顔の、おとなしい女です。おとなしすぎるので、余計に罪なような気がして近寄るのをずっと控えていたのです。だから、この秋風落莫《らくばく》の思いにある際に、しみじみと逢ってみたいという気も起ります。

三蔵の店は入口の構えを粋向きに改造されてありました。土間も奥の二つの部屋も見違えるほど立派に改造されていましたが、年増の女中が一人いるだけでおかみがいないのでがっかりでした。

「さきほどお電話を頂きましたが、おかみさんは親戚へ出かけました。でも、もうお帰りになる筈でございます。いえ、もうすぐ帰って参ります。」

女中はそう云ったことですが、珍品堂が奥の部屋で飲みながら、かれこれ一時間の上も待ってもまだ帰らない。

「まさか君に、おかみの親戚へ電話かけてみてくれとも云えないしね。」

そんな嫌味を云ってやると、

「どうしたんでしょう、ほんとに心配ですわ。すぐ帰って来ると云ってお出かけになったんですけれど。もう帰っていらっしゃらなくっちゃ。」

女中は本当に心配そうにしていました。

後でわかったことですが、途上園から喜代に電話をかけさせたとき、三蔵の店で電話口に出たのは男の声で確かに九谷さんであったというのです。九谷さんは喘息やみですが、声に艶がある上に甘ったるい猫撫声だから一種独特です。始終電話の取次をしている喜代なんかにはすぐわかります。おまけに喜代なんか、九谷さんが三蔵の店の最近の旦那さんだということを、もうとっくに知りつくしていたそうです。いつか九谷さんが「たまには、三蔵の店に顔を出してやれ」と云ったのは、珍品堂の気を引いてみるためであったんでしょう。察するところ、たまたま三蔵の店に来ていた九谷さんは、喜代のかけた電話に出て、この夜ふけに珍品堂が飲みに来るのを怪しんで、おかみを連れ出してどこかに泊まらせたに違いない。もうそのときには、途上園の争議が終末をつげていたことも九谷さんの耳に入っていた筈だ。珍品堂が大荒れに荒れているとでも推量し、触らぬ神にたたり無しとおかみに云って聞かせたろうか。いずれにしても珍品堂はざまの悪いものであった。

しかし当人は、そのときはまだそんなこととは知らないで、三蔵の店で夜中の三時すぎまでねばってから空しく途上園に帰りました。目がさめたのはお昼すぎでした。風呂からあがって喜代の給仕で食事をしていると、

「ちょっと失礼いたします。」

と蘭々女が、すっと部屋に入って来て、坐るといきなりこう云った。

「あたくし、さきほど大阪から帰って参りました。ところで珍品堂さん、あなたは従業員の寄せ書した帳面の表紙に、連判状とお書きになったそうでございますね。とても大時代だとか、泥くさいとか云って、従業員たちがきまり悪がっておりますよ。その点、とても従業員に評判が悪うございますね。」

もう珍品堂が辞職するつもりでいるのを見越した上で、争議そのものには触れないで意地わるを云っている。しかし連判状と書くなんて我ながら全く泥くさい。おまけに、揚足とられて辞職したとなると、ここの常連客や会員たちの物笑いの種になる。その上、行きがけの駄賃をねだったなんて、常連客に告口されたりするのは真平だ。

「いや、もうどうだっていい。私は止しますからね。」

「あら、お止しになることは何もございませんでしょう。私が従業員を懐柔いたしますから。でも、せめて後二箇月でよろしゅうございます。九谷さんにお願いして、今後二箇月間、月給を差上げて頂くようにいたします。二箇月間、何もせずに途上園で遊んでらして結構でございますよ。」

鼠が猫に玩弄されているようなものでした。ぎゅうぎゅうの目に追討をかけられているようなものである。

「タンマ、くゥずした」で、盛り返して来たのです。この女狐女郎め、なぐりつけてやるぞ。しかし、もう旗を巻いたつもりですから、手も足も出ないのと同じ始末であったのです。人間は誰しも弱点を持っている。蘭々女は珍品堂のその急所をぐっと摑んでしまっていたようです。聞くところによると、漁師の指を嚙み切るあの怖しい海蛇にも、ネムリといって弱い急所が一箇所だけあって、熟達した漁師はそのネムリのところを持って海蛇を手摑みにするということです。同じように珍品堂はネムリを摑まれて愚弄されてしまいました。

いわば珍品堂は途上園を叩き出されたようなものでした。でも、さすがに金主の九谷さんは気がさすのか、珍品堂が自宅に引揚げて来ると、その後から間もなく帳場の番頭を差向けてよこしました。

「甚だ失礼でございますが、九谷さんのお云いつけで私が御挨拶に参りました。」

番頭は、這いつくばったような恰好で云うのです。

「途上園のためには、ながながと御尽力くださいまして有難う存じます。また、私個人といたしましても、いろいろ御引立にあずかりまして有難うございました。甚だ恐縮でございますが、九谷さんからこれを託《ことずか》って参りました。どうかお納めのほど願います。」

番頭はボストンバッグから、桐の箱と、それから「寸志」と書いた紙包を取出して、おそるおそる珍品堂の前に置きました。桐の箱は、一見して鎌倉時代の瀬戸瓶子の入っている箱だとわかりました。実は、この瓶子は嘗て珍品堂が九谷さんに売りつけた骨董で、箱書きは民芸美術館長の金尾さんに願ったものでした。瀬戸瓶子と云っても普通のものより口が少し大きくて、初代藤四郎の作ではないかと金尾さんが含みを持たせてくれていた逸品です。初め珍品堂が売り惜しみをして、さんざん九谷さんに口説かれてから手放すことにしたものなんで、今、こうしてその箱を見ると、惜しみながら別れた可愛い女に再会したような気持でした。

「そうか、九谷さんも俺の気持を知ってるね。」

思わず口に出るところを堪《こら》えました。

「この瓶子のなかには、たしか穴あき銭が、十二枚入ってた筈だが。」

「はい、入っておるそうでございます。九谷さんがそう仰有っておりました。元のまま、そっくり十二枚入っておるそうでございます。どうか中身をお改めなすって。」

番頭は様子いかにと珍品堂の顔をそっと見て、また元のように目を伏せました。不断この番頭は、自分が間違ったことをしていなくても、珍品堂の前では口答え一つ出来なかった男です。

この際、少し気をよくした珍品堂は、喉から手の出るような思いでした。

「穴あき銭といっても永楽銭だ。昔、撰銭令が出るたんび、標準的な良貨とされていた銭だったそうだ。悪貨、良貨を駆逐するというからね。昔は撰銭現象が起っていたわけなんだね。」

箱の紐を解いて蓋をあけ、肩に丸みのある瓶子を取出すときには喉がごくりと鳴りました。大型の口で厚手ではあるが至って姿が上品です。肩付そっくりに肩が張っていて、総体に薄黄色いところへもって来て柿色に釉薬が濃く流れている。それを逆さにすると、ばらばらと穴あき銭がこぼれ出た。その一枚一枚は、嘗て珍品堂が歯ブラシで土を摺り落して手塩にかけておいたものであった。古銭愛好家の模造した穴あき銭ではないのです。

「寸志」と書いた紙包には小切手が入れてありました。書込まれている金額は、胸算用してみると、ちょうど珍品堂が途上園創始のころ注ぎこんだ金額に相当し、いずれこの金額は九谷さんに請求するつもりでいたものであった。しかも帳場に備えつけの、税務所へ見せる方の帳簿に記入さしておいた数字に該当するではないか。

「ねえ番頭さん。この金額は、よほど念入りに九谷さんが帳簿を調べてから、この数字を出したんだろう。いつ九谷さんは、帳場に来て帳簿を調べたかね。」

「先月の上旬でございました。貴方さんが、上州の下仁田へ葱を仕入れにお出かけになっていた折でした。蘭々女さんも、大阪へ出張中のときでございました。」

「じゃあ、僕を追い出す計画は、先月上旬から進められていたわけだね、着々とね。それとも、それより前からのことなんかね。」

この番頭は算盤を弾くこと以外には能のないような初老の男です。途上園の誰からも好かれないし誰からも嫌われないし、こんな悶着ごとの場合には事務的に用足しをさせるに持って来いの人間です。

「いや、お前さんをいじめたって仕様がない。僕としても、云えば云うほど意地の角が出て来るんだ。しかし、ここで意地を張れば先方の思う壺かもわからないだろうね。お前さん、どう思うね。」

「左様でございますね。いかがなものでございましょうか。」

「くどいようだが、お前さん自身ならどうするね。」

「でも旦那、九谷さんの御覧になったのは、表むきの帳簿でして、隠しの帳場の方よりも、旦那の出費を一割がた水増ししてありますが。つまり、九谷さんには内証のことなんでございました。」

「そりゃ、僕が君にそうさせたことだもの、僕が知らなくってどうするんだ。だから、僕がその寸志というやつを受取ると、途上園を追出された僕の後姿が、尚さら淋しげに見えるだろうじゃないか。僕はそんな気持だね。」

「でも旦那、そのお金、寸志となっておるじゃございませんか。寸志と云ったら、だいたい間口の広いものでございますからね。私なら潔く受取らせて頂きます。」

「そうかね、君がそう云ってくれりゃあ、こっちも恰好がつきそうだ。では潔く頂くよ。ついでに、この鎌倉時代も頂いとくよ。」

「有難うございます。」

「そして君は、受取を書けと云いたいんだろう。」

珍品堂は受取を書いた。

途上園に残して来た珍品堂の日用品は、番頭が責任をもって後から届けることにしてくれました。骨董品だけは珍品堂自身、途上園を引揚げるとき車に山と積んで持って来たのでした。

「では旦那、どうも有難う存じました。今後とも途上園を宜しくお贔屓にお願いいたします。いや、実はどうなることかと一と汗かかされました。」

この律義ぶった番頭は、そう云って帰って行ったことであったのです。

珍品堂は久しぶりに自分の家に帰って来たわけで、永らくうっちゃっておいた机の上は埃だらけ、壁には雨漏のあとがついているし、台所に入ると自分で承知の通り瓦《ガ》斯《ス》は止まってるし、コンクリートの流しは白く干からびて、属目《しょくもく》、ことごとく荒涼といった有様です。壁の雨漏のあとは染み模様が鼠色で、薄く紫色がかったところも現われて、あたかも抹茶茶碗の雨漏堅手の染み模様の観を呈している。世に云う現存名物、酒井家伝来の雨漏、紀州家の優曇華《うどんげ》、青地家伝来の蓑虫《みのむし》というような茶碗は見たこともないが、多年使用されているうちに染み模様が生じたと云うからには、どうせ壁の浸み模様に似ているに違いない。しかし現実の薄よごれした壁の染み模様は、見る目に甚だしく味気ないものでした。

「そうだ、俺は物思いに耽ってやろう。」

珍品堂は庭に出て、葉をふるった楓の木の下にしゃがみました。そのそばの牡丹の枝の先端は赤らみを持った小さな尖《とが》りを見せ、やがて生気のある芽を出す用意をしているように見えた。この家の主は他所をほっつき歩き、間抜けなことばかりしていても、庭の牡丹は決して怠けていないのだ。いじらしく、また健気なものに見えました。

「そうだ、あいつのところへ行って碁の勝負でもしてやろう。やっこさん、その後どうしているだろう。」

珍品堂は一時間もそれ以上も牡丹の木のそばにしゃがんでいた末に、そう思って山路孝次のところへ出かけて行きました。ところが、山路は玄関に出て来ると、

「やあ、転業者、どうだい実業界の景気は。」

けらけらと笑って、その笑い声を引込めると、

「今、小谷のやつと賭碁をしてるところだ。小谷のやつに何もくか置かしてやってるんだ。大勝負でね、あと三時間もしたら片づくよ。それまで茶の間で待っているかね、それとも、また来るかね。」

そう云って、すっと奥に引込みました。珍品堂はむかむかっと来て、

「山路の野郎、負けろ。小谷の野郎も、負けろ。」

と棄台詞《すてぜりふ》を残して大通りに出ると、何が何でも今度は来宮竜平に逢いたい気で公衆電話をかけました。来宮はまだ学校の研究室に残っていて、以前、よくそうしていたように新橋駅の近くの酒場で逢う約束をしてくれました。

何ともしっくりしない気持でした。珍品堂が途上園の経営に当ったのは僅か一年あ

まりのことですが、その間に山路孝次は、以前のお互に無遠慮な間がらのなかから何か或種のものを抜き去っている。それとも或種のものを付け加えている、今、がつんとそれが来た。

珍品堂は新橋駅の近くの酒場で来宮に逢うと、先ず二人で飲みだす前に、今、山路のところに行ってがつんと来たことを喋りました。喋るというよりも来宮に訴えているようなものでした。

「山路孝次のやつ、頭ごなしに僕のことを転業者だと云って、けらけらっと笑うんだ。あの笑いは、あれは何だね。何か自負するところがあってのことだろうか。あんなとき、けらけらっと笑う必然性、ない筈だよ。僕はそう思う。」

「いや珍品堂。待て待て、君にもそれは責任がある。」

来宮は小さな咳ばらいをして云いました。その咳ばらいは極めて小さな最小限の咳ばらいで、これは来宮が話相手に真面目に答える場合、ときどきやって見せる咳ばらいです。珍品堂はこれを「ニューラインの咳ばらい」と云いならわしているのです。

「いや、君の責任と云っては、無慙《むざん》な云いかたかも知れぬ」と来宮は、またニューラインの咳ばらいをしました。「責任ではなくって、僕の云いたいのは、現象としての過程であり、結果であったということだ。だからね、いいかい珍品堂さん、孝次のやつが笑おうが笑うまいが、そんなことは第三者から見れば屁のようなもんだ。」

「それはまた来宮さん、屁のようなもんだとは、ひどいやね。僕としてみれば、さんざんな目に遭って、今や秋風落莫というときに、へらへらへらっ、おといおいでと来られちゃあ、幾ら何でもね。」

「だから、過程であり結果であったんだ。早く云えば、事の成行きさ。これを裏返しに云ったら、君の責任であるか、またはそれと紙一重というところだよ。」

「でもねえ、あんた、僕は心血そそいだ途上園を捲きあげられたんですよ。お味噌汁の味噌からお新香、それからお膳の上の料理の配置に至るまで、毎日毎日、これでもかこれでもかとお客に対して気を配ったんだ。大車輪で努力したんだ。それが、あんたの云う過程であって、友人のへらへらへら笑いが結果かね。」

「では珍品堂さん、あんた、鮎の友釣をしたことがあるかい。鮎は、なぜ囮《おとり》の鮎に向って突進して来るのかね。」

珍品堂は釣なんかには興味を持たないので、来宮の云うのを黙って聞いておりました。

鮎は闘争性があるから囮の鮎に向って突進して来るんだというのです。たとえば、ここに川がある。その川の中に水垢のついた岩があって、七尾の鮎がその岩の水垢を守りながら雑居しているとする。そこへ囮の鮎が近づいて行くと、七尾の鮎は囮の鮎が水垢を盗み食いに来たと思って撃退するために襲いかかり、鉤に引っかけられて釣りあげられる。ところが、その釣りあげられた鮎を、新しく囮に付けかえて元の岩のそばに近づけると、水垢を守っている残りの六尾は、もはやその新しい囮を外敵と見《み》做《な》して襲いかかる。その囮は五分前か十分前までは、協同の友として岩の水垢を守っていた鮎である。ほんの僅の間だけ仲間から離れても仲間ではなくなっている。

「いいかね珍品堂さん、あんたは新しく囮にされたそういう鮎だったわけさ。囮の鮎は、尻尾のところに鋭利な鉤をぶら下げてるそうだ。あんたの尻にも、鉤みたいものがぶら下っていないかね。ちょっと、お尻まくってみせないかね。」

「御冗談でしょう、来宮さん。僕のお尻をまくったって、何の風情もありませんよ。」

「いや、案外そうでもないかもしれないよ。お前さんのお尻をまくると、毛の生えた尻尾が最低三本ぐらい生えてるんじゃないかね。どうせお前さんも悪く苦労させられたろうからね。」

来宮は口は悪いが花道のいい男です。ニューラインの小さな咳ばらいをすると、いや、一行アキだと云うかのように、

「どうだい珍品堂さん、ここはこのくらいにして、骨董屋でも廻ってみるかね。思いを翻えすのも、また一つの手だね。壺井のところへ行ってみるか。」

そう云って珍品堂を誘ってくれました。

新橋から銀座の方へぶらぶら歩き、まだ店を開けていた壺井骨董店に立ち寄ると、大阪の丸九という骨董屋の婿が来ていました。この男なら、珍品堂も大阪の丸九の自宅で二度か三度か食事を一緒にしたことがある。聞けば、このほど丸九の主人が亡くなったので、この婿さんは会社勤めを止して丸九骨董店の後を嗣いでいるそうでした。

丸九というのは大阪のデパートの階上に店を持つ一流の骨董屋です。そのデパートの元の社長が骨董に明るくて、丸九の元の主人の律義な営業ぶりに惚れこんだ結果、デパートの階上に店を開くことを特に許可してくれたという噂でした。その一人娘が大変な別嬪です。その娘と結婚した婿は、それがこの若主人ですが、大学の商科を出て堅気な会社に勤めていたのです。その折角の勤めを止して骨董屋の後を嗣いだのは、丸九の店の権利なるものが大変なものである証拠です。しかし年の若い会社員の身で、

いきなり大都市の一流骨董屋の主人になるのは冒険だと思われる。

「何しろ駈出しの若僧です。今後とも宜しくお願いいたします。」

丸九の若主人は、珍品堂と来宮に名刺を出して、問わず語りに骨董商売の難しさ、ことに仕入れの難しさなどについ愚痴をこぼしました。この若主人は初め丸九に婿入りして、会社勤めをする傍ら舅《しゅうと》に勧められて古代中国の金石類や石仏などを買い集めていたが、十年ちかくもやって漸く物が見えるようになると、中国のものより日本のものが好きになって来た。しかも古代中国専門にやったので、日本の藤原・天平の須恵器《すえき》の美しさに心をひかされるようになった。心をひかされるというよりも、びっくりさせられるようになって来た。中国のものと違った須恵器の良さ、形のなごやかさ、王者の支配による芸術でなく、工人みずからの愛のこもった作品である。それに愛着を覚えるようになった。その矢先に舅が亡くなったという心細い話でした。

「でもね、仕入れに困ると云うなら、どんなものだろうね、壺井さん」と来宮が、壺井骨董店の主人に云った。「東京での仕入れは、一部を、珍品堂に受持たせるようにしてもらったらどうだろう。珍品堂も、ちょうど料理屋稼業から足を洗ったところなんでね。囮の鮎で、今もさんざんこづきまわされていたところさ。」

「ほんまに、それがよろしいわ」と大阪出身の壺井も、気乗を見せて傍から賛成してくれました。「囮の鮎だか何だか知らないが、珍品堂先生にお願いでけたら悪くないでっしゃろ。丸九はんのため、せいぜい掘出して頂くことですわ。」

「ほんとに、珍品堂先生にお願いできましたら。」

と丸九の若主人も飛びつくように云うのです。

すぐに口約束が成立し、しかし珍品堂は次のように徐ろに付けたりを云ったことでした。好きな掘出しに従事するにしても、商売ともなれば看板に見識を持たしておくべきです。

「私もお約束したからには、なるべく御希望に添いたいつもりです。しかし私は商人ではないんですからね。自分の好みに従って、自分の心から好きになったものを掘出したい気持です。きまりきった月並な骨董品を集めることは御免を蒙って、私は我儘にさせて頂きます。でも、無論、貴方のために貴方の儲けられる余地を残しておくことだけは忘れないつもりです。とにかく、一攫千金の夢の相棒として、私に期待して頂いては困ります。」

ちょっと大げさな、生ぐさい云いかたになったので来宮の顔色を窺うと、さりげなく来宮が調子を合せてくれました。

「とにかく丸九さん、念のために、珍品堂の集めている天平・藤原のものを御覧になったらいいでしょう。天平・藤原のものは、珍品堂の得意な範囲じゃないんだ。でも、貴方の得意の範囲だからね、珍品堂の掘出しをする傾向がわかるんじゃないか。」

話はとんとん拍子に進み、丸九の若主人は明日にも珍品堂の自宅に来ることになりました。天平・藤原のものや仏教美術なら、珍品堂が得意中の得意としているのを来宮は知りすぎるほど知っているのですが、そうでもないように前置したところに綾がありました。これも運でした。当日、珍品堂がげんなりしていたところで来宮に逢ったことも、ひいては壺井骨董店で丸九の若主人に逢ったことも、窮すれば通ずるで、気持の上からも大いに助かったことでした。

翌日、珍品堂が部屋の掃除をして床の間に蕾《つぼみ》の椿を活《い》け、炉に火を入れていると丸九の若主人が訪ねて来ました。こうなると対談よりも、はっきり物を云うのは取出して見せる品物です。さっそく珍品堂は、次のような順序に取出して見せました。

○途上園時代に買った天平の薬壺。

○戦前から秘蔵品としていた天平の水瓶。

○昔から持っていた弘仁の手取の壺。
○途上園時代に買った弘仁の青瓷《せいじ》。これは官製です。
○昔から持っていた水魚の線彫の藤原の壺。
○昔から持っていた菊の線彫の壺。
○昨日、途上園の番頭が持って来てくれた鎌倉時代の瀬戸瓶子。これは箱から取出すと、「おや、これは間違い。時代が違った」と独りごとを云って箱に納めました。

丸九の若主人は驚いて、このうちのどれか一つでも売ってくれと云うのですが、珍品堂は売るとは云わないで、これに類するものなら買い集めて差上げると約束して丸九さんを帰しました。

その翌日から珍品堂の道具屋廻りが始まりました。そうして買い集めた骨董は、月に一回ずつ上京する丸九さんが荷造りして大阪へ持って行くことになりました。買い集めた品物をずらりと座敷に並べ、これが幾ら、これが幾ら、と珍品堂が値をつけて行くと、いちいち丸九がノートをとって行く。無論、値をつけるとき、丸九に儲けの行く余地を与えておくのです。

この取引が始まって、十箇月目か十一箇月目のことでした。昔から知りあいの北陸

の或る町の骨董屋が、京都の骨董屋で買って来たという道具を珍品堂のところに持ちこんで、

「先生、足利時代の行燈が出ました。御覧を願います。」

そう云って、高さ四尺ばかりの長っぽそい箱から出したのは、行燈の形をした昔の燈器でした。柱は四つの面を持ってすっと伸び、一つの面に「大永三年四月三日」と記し、その裏側の面に「中院内―薫」と彫ってある。油皿のぐるりを取巻く輪型の鉄枠の上に、携行するための同じ太さの鉄の取手がついている。

「先生、アンドンというのは、足利時代に禅宗の坊さんが拡めた宋音の言葉だそうですね」と北陸の骨董屋は云うのです。「ところが、このアンドンの柱には大永三年とありますから、ちょうどこれは、アンドンというのが新流行語であった当時の行燈ですね。そのせいですか、見るからにすっきりした形じゃございませんか。スマートでございますね。」

「鉄の色がいいじゃないか。」

鉄の錆がこまかくて砂鉄が原料のように思われました。でも砂鉄だとしたら、こういう細工物は大永よりずっと前の応永頃までの作に限るのが原則だと云われている。

腑に落ちないので銘記の年号をよく見ると、大永ではなくて天永でした。天永なら藤原時代ではなかったか。年表を調べてみればいいわけだが、道具屋が大永だと思いこんでいるところだから、早いところ値段を云わせておく方が安心でした。珍品堂はさりげなく持ちかけました。

「そうだね、形がスマートだという見方には、僕も賛成だね。しかし、幾らで譲る気だね。」

「先生、仕入れの値が、京都で二万円でございましたから、二万五千円ではいかがでございます。三万、三万五千と云いたいところですが、先生でございますから、二万五千円ということでいかがでございましょう。」

言値で買っても牡丹餅が落ちて来るようなものですが、珍品堂は何くわぬ顔で代金を払ってやったことでした。

道具屋が帰ってから歴史年表を見ると、天永三年は堀河、鳥羽、崇徳の、鳥羽天皇の御代で、太政大臣は藤原忠実です。この年に皇居の一部が炎上し、主上は新内裏に移御あらせられたと云ってある。在銘の中院内の薫は果してどんな人物か知れないが、藤原時代における燈火用道具に違いない。これで丸九に売るときには、アンドンと呼ばないで、藤原の燈器と称して高値を吹きかける。それでも差支えない。ただ、ぼろい儲けをするたびに、自分の何よりも気になる頭の毛の薄いのが、そのつど禿げ募るという気がするのは致しかたのないことであるのです。もう今では、これは一つの迷信のようになっている既成観念であるのです。

但、大阪の丸九さんはこの藤原の燈器を見ると、幾らでもいいから売ってくれと云って珍品堂の言値で買い取って、これを呼物とも柱ともして、デパートの階上で天平・藤原の骨董展覧会を二週間に亙って開きました。今まで一般には見向かれもしなかった道具類の展覧会ですが、照明を浴びせられた感じでちょっとした流行を呼び起すことになって、これに乗じて丸九さんは大きく利益をあげました。思わく通りに行ったわけでした。骨董を買ったり売ったりしていると、骨董を見る目が肥えて来るのは事実です。丸九さんの目も急速に肥えて来て、最近では伊万里の良さと値段の安さに驚いてこれを集めだしているのです。自分の目に触れ自分の目に適《かな》うものはみんな買い占める一方、珍品堂にも伊万里を集めるように頼んで来ているのです。先日、丸九さんはこんなような手紙を珍品堂によこしました。

「拝啓。お暑いことでございます。毎度お世話に相成り恐縮ですが、例の御秘蔵の伊万里焼の船の皿は他家へお譲り相成らぬよう必ず必ずお願い致します。私にお譲り願えればこの上もなき光栄に存じますが、それが叶わぬならば、弊店にて今度展覧会を催すとき御拝借を賜りたく幾重にもお願い申します。来月は中旬ごろ上京の予定でおりますが、例のごとく伊万里の新規の御蒐集品を乞受けにあがります。宜しくお願い致します。」

文中、伊万里の船の皿とあるのは平皿です。二重輪の枠の外側に、呉須絵《ごすえ》で熊笹の葉が散らされて、輪の内側に辰砂で二艘の船が現わしてある。すこぶる鮮明な辰砂釉です。伝世の辰砂の皿は、今までに紹介されたことはないのではないでしょうか。この皿に惚れこんだ丸九は、今から展覧会の企画に気負いこんで、金に厭目《いとめ》はつけないから売ってくれと云って来ていたのです。珍品堂としては街の古道具屋で二束三文に買って来た代物ですが、いずれ伊万里の相場が出るのが楽しみで、そのとき売るか売らないかはともかくも、自分の所有する可愛い皿に、それ相応な市価が出るのを楽しみたい気持です。この気持は、皿を女に譬えれば容易に理解できることではないでしょうか。あながち頭の禿げるのを気に病むわけではありません。頭が禿げ募ったと思うのは、ときたまぼろい儲けをした後になってからのことであるのです。

今年の夏の暑さはまた格別です。でも珍品堂は、昨日も一昨日も何か掘出しものはないかと街の骨董屋へ出かけて行きました。例によって、禿頭を隠すためにベレー帽をかぶり、風が吹かないのに風に吹かれているような後姿に見えているのを自分で感じているのでした。先日、丸九さんからの手紙を見て、一年後には伊万里なるものが実質的な相場になると予想して、前祝に飲みすぎて腹を毀《こわ》したのです。このところ、下痢のために少し衰弱しているのです。

この本を読んで――『珍品堂主人』

著者へ

河上徹太郎

「珍品堂主人」完成おめでとう。

去年〔一九五八年〕の春、私が自動車事故で暫《しば》らく足にギプスをはめて寝ていた時のことだ。星ケ岡の番頭を振り出しに、転々と料理屋の主人をやっていた旧友が見舞いにきた。それがこの小説の主人公のモデルである。早速昼間から酒をつけて、新緑の山々を眺めながら懐旧談に耽った。朝掘った庭の筍があったので、煮て出すと、「京都の筍の味がする」といってお代りをし、またなくなると、今度は黙って立って台所へ行き鍋ごと持って来て食べ出した。

そこへ中央公論の笹原金次郎君が現れた。彼はその夏から私が連載するはずの「日本のアウトサイダー」のプランに興味を持って、その相談に見えたのだが、もう仕事の話どころじゃない。初対面の二人を私が紹介するまでもなく、鼎座して飲み出した。珍品堂と私はほぼ同年で、友人もほとんど共通しているのだが、彼はそれを一人残らず罵倒した。笹原君は、文壇のどこでも聞かれない我々仲間の人物評を聞かされて、異常な好奇心を唆られたようだった。「おい、中公チャン、帰ろう」とよろよろ立ち上る彼を、酒に強い笹原君は抱きかかえて、二人の姿は竹藪の中の坂道を消えていった。

そのつぎ笹原君に会った時、「先生方の年配のつき合いがよく分りました」と意味ありげにいった。

笹原君の中か君の中かどちらか知らないが、「珍品堂主人」の構想が胚胎したのはこれがきっかけである。これを読んで私が面白いのは、骨董もクソもない、絶対に甘えを許さない我々仲間のつき合いだ。

「珍品堂主人」と「日本のアウトサイダー」が同時に中央公論に連載され出したのも、この縁である。私は、庭の樹の上で働いている植木屋が、下で仕事をしている大工に時々話しかけるような気持で、君の連載を欠かさず読んでいた。お互に出来上ったから、そのうち一杯やろう。

評者へ

井伏鱒二

ひどく調子のいい手紙を読みました。

君の自動車事故の話で思い出したことですが、君は自動車にぶつかったとき、さっとボンネットの上に飛び乗ったという噂だが本当だろうか。実は、車輪にはねとばされて偶然そんなことになったのではないだろうか。いわゆる飛燕の技は君に期待できることではないと思う。

いずれにしても、君の怪我は足首の筋違いだけですんだと聞いていた。それから間もなく、君が松葉杖をついて猟犬を連れ、いつも猟に行く山道を歩いているという噂を聞いた。僕が「珍品堂主人」の性格を貸りた人からそれを聞いた。ところが、それからまた間もなく、怪我は筋違いでなくて本当の骨折であることがわかったという噂を聞いた。骨折なら歩行練習など出来ない筈だろうが、何という君は風変りなまでに頑強な人だろうと、日頃の君の我慢づよさと思い合せたことであった。君は「日本のアウトサイダー」のなかに君も加えておけばよかった。

僕は「珍品堂主人」を書くについて、性格を貸りた人をよく知っている君の談話を参考にした。君の他にも、小林秀雄、大岡昇平、白洲夫人、修道社の社長、硲《はざま》伊之助、創元社の秋山というような諸氏からも談話を伺った。また当人からも伺った。骨董や料理に関する意見は、当人と小林君の説を参考にした。また、中山義秀の著書も参考にした。このことは単行本にするとき後記か何かでいっておこうかと思ったが、実話でなくて全然つくり話であるし、小説本に後記や序文を書くのは近頃流行らないことだそうだから差控えた。

君は「日本のアウトサイダー」を書くとき、僕を呼んで岩野泡鳴氏についての記憶を僕に三時間あまりしゃべらせた。僕のは四十年前ごろの話だから、うろ覚えの記憶で覚束ない。ところが、雑誌に出た君の文章を見ると、僕のいったことは一行半ぶんしか参考にしていなかったので僕はほっとした。君の書くものは、自動車事故に遭ってから俄然熱意と艶を持って来るようになったと僕は見る。「日本のアウトサイダー」はそのいい例だと思っている。無事完結、おめでとう。

珍品堂主人について

画家の硲伊之助さんが「いっぷう変った男がいるが、紹介するから小説に書いてみないか。骨董に憑かれている男だ。骨董の掘出しに生き甲斐を感じている道楽者だ」と言って、Hという人を紹介してくれた。ちょうど私が戦後のざわざわ騒ぎに疲れているころであった。

Hという人は複雑な性格の人で、一回や二回の対面では私にはわかりかねた。それでH氏の古い知りあいの人たちに会って、H氏についての感想をいちいち諮いてみると、いうことがみんな互いに違っている。純情で面白い男だという人もあり、面白くない男だと言う人もあり、愛すべき男だと言う人もあり、そうではないと言う人もあった。

人によってみな違う。書いてみたい気持が起ったのはそのためである。私としては一人の人物研究に取りかかる気持で取材した。書くときよりも取材するときの方が楽しかった。

能登半島

洋画家の硲伊之助さんが、山ノ手の珍品堂という骨董屋を紹介してくれた。それが能登半島へ焼物の買出しに行くと云ったので、私は丸山君と一緒について行き、買出しする現場を見ることにした。丸山君は職業がらいろんな人と旅行に出かけるが、まだ骨董屋と一緒に旅行したことはないと云った。私も初めての経験だ。

三月二十四日、上野駅から白山号で出発した。車中、珍品堂さんは買出し旅行の予定を私と丸山君に披露した。次のような忙しない旅である。

三月二十四日——北陸行の終点金沢から少し先の或る町に行き、その町の岡田という骨董屋で下見をする。時間的に云って骨董屋を訪ねるのは遅すぎても、珍品堂さんはその骨董屋と前々から識りあいだから遠慮がない。ここでは下見だけして、能登から帰りに珍品堂さんだけまたこの骨董屋に寄って何か買って来る。当日は、金沢まで引返して一泊する。

三月二十五日——金沢から七尾線で終点の宇出津《うしつ》に行き、そこからバスか車で或る古めかしい漁港町に行って或るお大尽のうちの骨董品を見る。このお大尽は二十幾歳のときから骨董を買い集めているが、自分では未だに真贋がわからない。それで骨董好きな石川県高浜の呉服屋さんを介し、珍品堂さんに真物と贋物を選分けてもらいたいと頼んで来た。その鑑定のお礼には、珍品堂さんの目にとまった品物のうち、三点だけ売ってもらう約束にきめている。当日は仲介の呉服屋も当家に来て、われわれ一同このお大尽のうちへ一泊する。客を泊める部屋には事を欠かさないと仲介の呉服屋から手紙が届いている。

三月二十六日——早朝に起き、仲介の呉服屋さんの案内でバスか車で能登半島の突端に近い曽々木という海岸町に行き、そこの漁師屋で発掘品の線彫秋草文壺を買う。珍品堂さんの見込では、この壺は常滑か越前織田焼かであるに違いない。すでに仲介の呉服屋さんも、どこか能登方面で発掘された織田焼の線彫魚刻文壺を持っている。当日は海岸づたいに輪島に出て、珍品堂さんは再び金沢に行き、福井に廻って東京に帰る。

以上のような予定だが、

「私は強引に買います。そこを見といて下さい。人間が素直なだけじゃあ骨董はわかりません。品物を見るときの、私の腹黒そうな顔つきをよく見て下さい。らんらんと光る目を見て下さい」

珍品堂さんがそう言った。

二十四日、北信州はよく晴れて、碓氷峠を過ぎると雪をかぶった浅間山が大きく見えた。長野を過ぎ、越後に入ると吹雪になった。田口あたりでは平地にまで二尺ちかくも雪が積っていた。ところが直江津に近づくにつれ、日が照りだして積雪は高い山にしか見えなくなった。丸山君はこの附近の生れだから、直江津を過ぎて暫くすると、

「この次が筒石で、その次の能生《のう》町というのが、僕の生れたところです」

と愉快そうに云った。

筒石を過ぎると丸山君は伸びあがって、

「あれが坂中屋です。戦争中、坪田譲治さんと小田嶽夫さんが、魚を食べに来た宿屋です。幾らでも食べさせました。あれです」

と、往還ばたの「坂中屋」と看板を出している家を指差した。その家の裏手はすぐ海で、小島ひとつ見えない荒海が拡がっている。これは右手の窓から見ての風景で、左手には間近く迫って小高い山が続いている。去年、私は丸山君と金沢へ行ったときにもここを通ったが、往復ともに居眠りしていたのでこの風景が目新しく見えた。出て来る町が殆どみんな褌町で、トラックの埃を浴びている。川はみんな谷川の恰好したまま海にそそいでいる。初々しい川というよりも、曲がない川と云った方がいい。それでも、この辺の川には鮎がのぼるのだと丸山君が云った。

金沢に着くと、汽車を乗りついで近くの町の岡田という骨董屋に行った。ちゃんとした構えの店だが、大事な商品は自宅に置いてあるということで、手代が私たちをひっそりした通りの立派な仕舞屋《しもたや》に連れて行った。土間は入口から裏手口に通じ、二階へ行く階段の上り口が式台のような板敷になっている。私たちは二階座敷に通された。この家の老主人と若旦那が代る代る珍品堂の応対をつとめ、老主人が階下から品物を持って来ると、若旦那がそれを珍品堂に見せる。若旦那が持って来ると、老主人がそれを見せるといった調子で次から次に見せた。

最初に見せられたのは、大津絵の鬼の絵であった。鬼が奉加帳をぶらさげて念仏の鉦《かね》を叩いている。鬼の顔は頓狂で邪気がない。伝承で云うように、子供の夜泣きを防ぐまじないにはなりそうもない。珍品堂は老眼鏡をかけてちょっと見ると、眼鏡をはずして「しかしねえ」と云った。食指は動くが、道草を食うまいとしたのだろうと私は見た。

次は、また大津絵で、箱を見ると「住吉踊之図」と書いてある。老主人が「これは渡辺霞亭さんの旧蔵です」と云って、旭正秀著の「大津絵」という本を出して来て見せた。その本に同じ「住吉踊之図」が写真版で載って「故渡辺霞亭氏蔵」と記され、「人倫訓蒙図絵」に曰く、住吉のほとりより出づる下品者也……と住吉踊の説明がしてあった。若い女が菅笠をかぶり、その笠のへりから垂らした赤絹の布で顔をかくして白い着物に赤い前垂をかけ、団扇を持って笠鉾を立てて踊る。その踊の最後の留めは「住吉様の岸の姫松めでたさよ、千歳万歳」などと云う故に、住吉踊と称するのだと云ってある。

珍品堂は眼鏡をかけたりはずしたりして、暫く住吉踊の絵を見ていたが、

「書物に出ているものは面白くないなあ」

と、ひとりごとのように云った。

「では、どんなものを御覧になりたいんです」と老主人が云った。「何が見たいか云って頂かなくっちゃ。何がお好きなんでしょう」

「根来《ねごろ》はありませんか」

「ないです」

「ぐい呑は」

「唐津のぐい呑がありますが」

　老主人は階下に降りて行き、小型の箱を二つ三つ持って来て階下へまた降りて行った。今度は若旦那が珍品堂の応対を勤め、あまり清潔感をともなわないような色のぐい呑を台の上に並べて見せた。漏斗型の斑唐津と、輪花型の高麗と、桶型の唐津の皮鯨である。この三つのうち、珍品堂は桶型のと輪花型のは、ちょいとつまみあげて見るだけにした。あとの漏斗型のは、盃を持つ手つきで繰返し持ったり置いたりして、丸山君と私に云った。

「この斑唐津というものは、朝鮮唐津と同時代か、あるいは少し後のものらしいです。このぐい呑は、しかし、とも繕いしてありますね」

「いいえ、違います」と横から若旦那が云った。「その点、保証します」

「君は、いい若い目でわからんかね」と珍品堂は、上着のポケットをさぐりながら云った。

「僕ら、年寄でもわかる」

「いえ、大丈夫です。瑕《きず》なんか全然ありません」

恰好のいいぐい呑である。蕨灰釉の上に白釉が二条か三条、とろとろと流れている。珍品堂はポケットから取出した小さな虫眼鏡で、そのぐい呑のふちを極めて微かにこすりながら首をかしげた。

「どうも変だ。うん、少し怪しいな」

「いえ、そんな筈ありません。ちょっと十円だま持って来ます」

若旦那は十円だまを持って来て、ぐい呑のふちをそれで静かにこすった。どんな音がするのか私には感知されなかったが、若旦那はその音か感触かで瑕のある無しを吟味するらしい。

「いや、大丈夫です。どう見ても瑕はありません。音も悪くない。ここですか」

「うん、そこらだ」

「この、ちょっと砂のくっつきみたいなところですか。ここですか、ここなら大丈夫です」

「そうかね」

こする音が、微かに私の耳にも聞き取れた。

「この音なら大丈夫です。この釉薬のかかっているところ、ここら音しません。土みせてるところ、音しますがね」

「ちょっと難しいね」

「こういう音ですと、けっこう大丈夫です。うちでも、それで買って来ますからね。東京でなら繕いするでしょうが」

「私には、ともかく感触が違う」

ふちのところの瑕を、漆で修理してあるかどうかの話である。きっと珍品堂は能登からの帰りに、このぐい呑を値切って買うつもりだろうと私は推察した。値段は相当なものであった。

次は、唐津の片口と、オランダ製の支那染附写しの徳利が出た。片口には少し瑕がある。徳利の底には採釉で「ＯＫ」と横に書き、Ｋの字の下に点が二つ打ってある。

「瑕があれば、無ければいいと思うし、無ければ、もっと古ければいいと思う。いつだってそれだ」

　と珍品堂が云った。

　時計を見ると十時ちかくなっていた。品物は次から次に出され、珍品堂さんは簡単に見て簡単な感想をもらしていた。

　唐津の茶碗。

「ちょっと小さいなあ。もすこし大ぶりだといいなあ」

　鼠志野の深向附。

「これでビールを飲むといいでしょうね」と私が云うと、

「あなたの識りあいの、青山二郎さんはこれで飲んでますよ」と珍品堂が云った。

　漢の花彩獣耳壺。斗々屋茶碗。

　これが出たとき若旦那は、

「この斗々屋は、松平備前守の旧蔵です。――ちょっと失礼」

　と席をはずした。

　珍品堂は斗々屋茶碗というものについて、私と丸山君に簡単な説明をした。この手の茶碗は高麗茶碗と伝承されているけれど、高麗が亡びて李朝の初めに焼成されたものである。井戸茶碗と同じく伝世のものばかりで、発掘品は一つもない。品位においては朝鮮茶碗の二流品に属するものだ。

「この斗々屋茶碗は、しかし今出来です」と珍品堂が小声で云った。

もう一つの漢の壺については、これも小声で、

「あとで色つけしてある」と云った。

そこへ若旦那が引返して来て「これは」と云って宋窯の花瓶を出した。

「これはいい。しかし、少し青みがある。もっと純白でなくてはね」

高麗水差。秋草の模様がある。赤、緑、藍の色が鮮明だ。

「これは、ちょっといい、直しが少々あるね。岡田さんは金があるから、売らんでもいいんでしょう」

赤絵茶碗。裏に「大巽宣徳年製」とあるから、明代だそうだが、ひどいぶち破れである。

「鼠色がかってる。焼が悪いんだね。私は九谷焼以前の伊万里がほしい」

宋窯盃二箇。

「彫がいいと思えば焼が悪い。真白なら一箇五万五千円ぐらいです」と珍品堂は丸山

君に云い、「いろいろ掻きさがしてすみません。それに悪口ばかり云って」と若旦那に云った。

オランダの鉢。明るい薔薇の花の模様。

「二百年前のものだそうです。これは預り品ですが、五万円で売ってくれと頼まれています」と若旦那。

「あべこべに売ってやればいい」と珍品堂。

イランの皿。発掘品である。

珍品堂はこの壺には手を触れないで、天啓の六角皿を取って裏返して見た。

「これは脚附皿だったのを、茶人か誰か日本風に脚を切取らせたのだな。余計なことをしたものだ。台なしとはこのことだね」と、けちをつけた。

私はイランの皿の模様をノートに写し取った。ぐるりに唐草模様で丸くふちを取り、前脚の片方を揚げて後を振向いている牡鹿を呉須で描いてある。鹿の周囲に、ぽたりぽたりと叢がある。叢と同じような形の雲が空に浮いている。裏は、縦に何本も繁く線があって、それを一本の波型の線が途切れ途切れに縫っている模様になっている。その他まだ十点内外の焼物が出されたが、私はその品名をノートに取らないでイランの皿の模様を念入りに写した。

私たちは十一時前にこの骨董屋を出て、汽車の都合が悪いので車で金沢へ引返した。宿はこの前のときにも丸山君と一緒に泊った岡の上の旅館である。

二十五日。

空が真青に晴れていた。この季節、ここでこんなによく晴れた日は珍しいと云う。私たちは十時すぎに満員の汽車で金沢を出発した。七尾を過ぎ温泉場の和倉から先は乗客がぐっと減って、私の隣の席に野良着姿の中年のおかみさんが腰をかけた。これが甚だきさくに「旦那さん、どこからおいでになりました」と私に話しかけ、窓の外に見える風景について説明してくれた。すぐ向うに見える大きな島は、七尾湾でも一ばん大きな能登島で、二十何箇村とか十何箇村とかに分れている。遥かその向うに雪をかぶって高く聳える山は、富山湾を隔てて見える越中の立山連峯と云う。いかにもどっしりとした山である。これが夏なら山の裾が霞まないで、はっきりと黒く見え、もっと据りのいい山に見えるそうだ。

「旦那さん、お帰りに七尾城址を見物されると宜しいです。越後の上杉謙信が攻めて来て、剣舞で歌う文句をつくったお城です」

おかみさんはそう云った。

「霜ハ軍営ニ満チ、云々」という詩のことだと気がついた。私は中学生のときこの詩を歴史か漢文かで教わって、能登遠征中の詩のなかに「越山アハセ得タリ、云々」と云ってあるのは不自然ではないかと疑った。そのことを思い出して、やっぱり現地に来て見ないとわからないことだと思った。後でそれを珍品堂に話したところ、

「そりゃそうでしょう。七尾の城の上からなら、秋の夜のことだし、よく見えたでしょうよ」

と珍品堂が批判した。

この沿線には、ところどころにアスナロの植林が見える。野良着姿のおかみさんは、アスナロのことをアテの木と云った。この木で輪島塗の盆や箸の素地をつくっているそうだ。後で金沢観光課の新保辰三郎さんに聞くと、能登のアスナロは鎌倉初期に平泉から移植されたのだそうだ。奥州藤原氏に仕えていた或る武士が、平泉落城のとき能登に逃げて来て、輪島からちょっと山地に入った浦上という村にアスナロの苗木を植えた。能登の者はそれを元にして繁殖させて来た。アスナロは挿木でも附くから世話がない。浦上村の原木は今でも残っているそうだ。

穴水という駅で汽車を乗りかえた。やはり、ここから先もずっと終点まで、遠景近景ともにおとなしい感じのする海岸づたいに汽車が進んで行く。小さな島でも大きな島でも樹木がよく茂っている。天気がいいせいか、瀬戸内の沿岸地帯よりも風景がまだおとなしいものに見えた。

私たちは終点の宇出津から、海岸沿いにバス道路の通じている或る町に着いた。以前、ここは鰤《ぶり》網で賑わった漁港であったという。しっかりした構えの家が軒を並べている。なかには赤脂松の千本格子を入れ、柱も軒裏も同じ手の材料を使っている家もある。

大仁さんは年のころ七十歳前後に見えた。私たちは女中の案内で二階座敷に通されて、お茶を飲みながら暫く待つ間に大仁さんの年齢について噂をした。六十四五歳だろうと丸山君は云った。いや、底ぬけの好人物らしいから二黒のいのししだろうと、珍品堂は私が見たよりもずっと若く踏んだ。まだ私たちは、玄関でちょっと大仁さんに挨拶しただけであった。大仁さんの頭の髪は半白だが、顔の色が明るくて子供のように頬がふくらんでいる。

床の間には、当地出身代議士の肖像を墨絵で描いた軸と、花を咲かせた万作の枝を活けた辰砂《しんしゃ》と呉須の壺。襖は白。建築はまだ新しい。

「それにしても、大した木口だよ。柱も天井板も、自分の持山の木を使ったんだろうな」

珍品堂は手で顎を支えながら天井を見て、隣の部屋まで聞えるような声で云った。そこへ角帯をしめた三十歳前後の人が入って来て、お茶人のようなやりかたで膝を進めて挨拶した。

「私、この近所の料理屋の倅で、ここのお手伝いに来ているものでございます。今日、道具類を皆さんの前に運んで来るお運びの役を致します」

「御苦労さまです」と珍品堂が、鷹揚には聞えないような口をきいた。「失礼ですが、ここの御主人は、主に焼物類は朝鮮のものをお集めになっているんですか。床の間の壺も、次の間の棚にある白磁の壺も、李朝ですね」

「いえ、ここのお父さんは、選好みなさいません。李朝だろうが九谷だろうが、骨董屋が来ると何か買う人なんでございます」

「それはまた風格のあることですな。すると、ずいぶん点数をお持ちなんでしょうな」

「はい、がらくたばかりかも知れませんが、数だけは可なり持っていらっしゃいます。ここのお父さんは、骨董屋を喜ばしてやりたいのが趣味でございますから」

丸山君と私は一坪ちかくの白熊の敷皮の上に並んで坐り、珍品堂とお手伝いの人との対話を聞いていた。

お手伝いの人の云うことに、当家の主人は骨董を買うと（主に買うのは焼物だが）三日か四日それを座右に置くだけで、後は家の者に云いつけてその品物を裏の倉に蔵わせてしまう。それを二度と取出して見たり並べたりするようなことは滅多にない。だから倉に蔵ってある骨董を入れた箱は埃をかぶっている。それに蒐集品の目録もないし箱にも番号がつけてない。どこに何があるやら、大仁さん御自身にもわからない。たとえば山のカケスという鳥が、栗の実を木の伐株のところにどっさり集めるくせに、自分ではそれを忘れてしまっているようなものである。

その噂をされている当人が座敷に入って来た。お風呂に入っていたと見え、てらてらするほど血色のいい顔になっていた。淡々たる物腰だが、

「皆さん、御遠方のところ御苦労さまでございました」と息ぎれさせながら挨拶した。

「お疲れでしたでしょう。ごゆっくり御滞在を願います。せめて三四日ぐらいはお泊

り願えましょうな」

「いや、私ども急ぎますから」と珍品堂が云った。「今晩は御当家へお世話になるとして、しかし明日の朝、早く起きて曽々木に参ります。高浜の加藤が今日ここへ来て、明日は曽々木へ案内してくれることになってます。お宅へも加藤から、そういう聯絡ありましたでしょう」

「いえ、一向に。先生が今明日お見え下さることだけは、せんだって加藤さんから聯絡がございました」

「どうしたんでしょうな。あの人物、私がお宅の骨董を鑑定する現場に、立会うことになっているんですがね」

するとお手伝いの人が大仁さんの目くばせで、加藤という人へ電話をかけに階下へ降りた。長距離電話だからなかなか通じない。かれこれ半時間も待ってやっと通じると、加藤という人はちょっと外出中だということがわかった。

「全く、加藤という人、スローモーションだからな」と珍品堂が云った。「では、お倉のなかの品物を、ここへ運んで下さい。いけないものと、いいものとに選りわけますから。どんどん運んで下さい」

もうそのときには、廊下に大小さまざまの箱を運んで来てあった。それをお手伝いの人と大仁さんが、順送りにして珍品堂の前に出して一つ一つ鑑定させた。私はその品名だけ順序を追うて手帳に書きとめた。

古九谷瓢型徳利、乾隆粉彩花鳥図瓶、呂宋茶壺、吸坂焼平皿、品名不明の瓢型徳利、瀬戸肩衝茶入、玉杯、古九谷大皿、伊万里香盒、瀬戸茶入、信楽細首瓶、交趾香盒、青磁香盒、ギヤマン盃（以下、約五十点は略す）

以上の品物について、私の記憶に残っている珍品堂と大仁さんの取交した言葉は、大体において次のようなものであった。

古九谷瓢型徳利を見るとき。

珍品堂――古九谷じゃなくって吉田屋です。これが美術品であるかどうかで私は価値をきめたいですな。贋物は嫌らしい。これは、よくない方の部類へ入れて下さい。

大仁――そうですか、古九谷じゃなかったか。

乾隆粉彩花鳥図瓶を見るとき。

珍品堂――これが乾隆だったら大変なものだな――値段にして。やっぱり今出来です。

大仁――支那から帰った人から買ったんですが、支那は支那ですか。

珍品堂――支那は支那です。これも、よくない方の部類へ。

呂宋茶壺。

珍品堂――なるほどこれは。ねえ井伏さん、これですよ。例の大坂城の茶会で、秀吉が諸大名の見ている前で神谷宗湛に茶壺を見せて、宗湛を有頂天にさせたこと、宗湛日記にあるでしょう。その茶壺はこの手のもので、この大きさです。（二升入ぐらいの大きさである）これには瑕があるけれども、これはいい方の部類へ。

品名不明の瓢型徳利を見るとき。

珍品堂――何だろうな、これは面妖なものだよ。裏に漆をつけたりしているな。大仁さん、これ何と云っているんです。

大仁――よくわからんと云っております。

珍品堂――あやしげなものだな。（虫眼鏡でのぞいて見て）二度窯だ。罅《ひび》をかくすために、高麗に釉薬をかけて焼いている。こいつ、よくない方の部類へ願います。

瀬戸肩衝茶入を見るとき。

珍品堂――これは凄い。なるほどね、まことによろしいです。失礼ですが大仁さん、初めこの座敷に通されたときの私の印象では、これほどの茶入があるお宅だなんて思いませんでしたね。ねえ井伏さん、この褐色に茶色の襷《たすき》、どうですこの景色。

私――そんなので、ぐい呑があったらどうでしょう。

大仁――それでは井伏さん、これをお持ち下さい。記念に差上げますから、どうぞこれを。（私の前に茶入を置いた）

私――とんでもない。（押返した）私には蒐集癖はありません。

珍品堂――では、その茶入は、いい方の部類。間違わないように、そこへ置いたらいいでしょう。

玉杯二個を見るとき。

珍品堂――こっちの方が色がいいですね。悪くないな。これも、いい方の部類。

大仁――では井伏さん、ぐい呑の代りにこの杯をお持ち下さい。これなら実用になるでしょうが。どうぞお受取り下さい。

私――いいえ、御遠慮します。

珍品堂――では、それもいい方の部類。

古九谷香盒を見るとき。

珍品堂――これは伊万里ですが、こちらでは古九谷と云うでしょう。
大仁――ええ。しかし、こりゃ若いでしょうねえ。
珍品堂――ええ、若いですね。これは、よくない方の部類。
瀬戸茶入を見るとき。
珍品堂――いい景色だ。（一箇所、瑕をかくすためか、朱色の漆で五六分ぐらいの背丈の達磨を描いてある）この達磨さん取ったらいいでしょう。これは、いい方の部類。

交趾香盒を見るとき。
珍品堂――これは日本製だね。よくない方の部類。

もう日没ちかくなっていた。大仁さんは、夕飯を出したいからお風呂にはいったらどうかと云った。珍品堂は、ついでに見たいからと云って、あと五十点ばかり急いで見た。ときどき目ぼしいものもあったように見受けたが、よくないものが七割から八割の上もあった。ことに古九谷と称するものはみんないけない部類に入れられた。珍品堂は一ぷくして手帳に何やら書きつけた。

「先生、引続き御鑑定なさいますか」と、お手伝いの人が珍品堂に云った。「倉のなかにあるのと、裏座敷にあるのとで、あとまだ七八百点から一千点ちかくある見込です」

「いや、そんなにないでしょう」と大仁さんが云った。「とにかく、先生は引続き見てやると仰有っておるから、どんどん持っておいでなさい」

「一千点と云ったら大変だ」と珍品堂が云った。「それよりも、運ぶのがもっと大変だ。では私、じかにそこへ行って見ましょう。電気はつきますね、一瀉千里に見て行こう」

そこで珍品堂は裏座敷へ案内されて行った。私も丸山君も後からついて行った。裏座敷は二階づくりになっていて、階下には板張の床上に長櫃《ながびつ》や大きな箱を並べてある。三方の壁に幾段もの棚が取附けてあって、こまごました箱がぎっしり置いてある。二階は畳敷になって茶室のような体裁だが、炉のほとりに人間の坐れる余地を残すだけで、むき出しの壺や徳利や箱などごたごた置いてある。炉にかかっている鉄瓶は湯気を噴いている。

「これだけよくも在るものと思う」と珍品堂は、お手伝いの人が箱から取出した茶碗を見て云った。「その柿天目だって、これで本物なら大変だ。でも、よくもこれだけ集めたもんだ」

「ここのお父さんは、骨董屋が十点持って来れば、必ず一点以上は買う人です。買った後で、ちょっと見るだけでございますが」

「それで、むき出しのそこらの徳利や茶碗、最近に買った品というわけですね」

珍品堂は台の上にあった箱の蓋をあけ、

「志野茶碗か。これは駄目だが、箱がいい。よくない方の部類です」と云った。

そこへ大仁さんが階段をあがって来て、息をきらしながらお茶を入れてくれた。この人は、物を云ったり何か動作をするごとに息をきらしている。

「書画帳があった筈だが」

やはり息をきらしながら立って、押入から持って来た箱をあけて手鑑《てかがみ》を取出した。珍品堂は無言のまま手早くそれをめくって行き、無言のまま閉じてしまった。小野道風筆、弘法大師筆などと記されている筆蹟もあった。

「美人画があったが、あれはどんなものかな」

大仁さんは大型の書画帳を取出して来た。はじめから終まで同一画家が美女の姿を描いている。サインがない。珍品堂はこれも手早くめくって行き、

「日清戦争当時か、日清戦争直後のものでしょうな」

と云って、ぱたりと閉じた。

ここの部屋にある骨董品は、たいてい最近に買ったものらしいが、いいものの部類に入れられた品物は僅少であった。

次に、珍品堂は階下の品物を見たが、手を省いて五点か六点ぐらいしか箱をあけて見なかった。倉のなかの品物も、二階も階下も共に、つまみ食いでもするかのように、ところどころのものしか見なかった。食傷気味であるようだ。

「九谷なんか、手の触感だけでも真偽がわかりますよ」と私に云った。

お手伝いの人も大仁さんも疲れているようであった。倉を出たときには十時をすぎていた。

私たちは風呂からあがって夕食の御馳走になり、三人とも酔えば鼾をかくので別々の部屋で寝床についた。

翌朝、高浜の加藤という呉服屋が来て、この人の道案内で曽々木海岸に向けて車で出発した。途中、ちょっと道草を食うことにして時国町の時国家を訪ねた。これは能登に流された平大納言時忠の末で、本家の上時国家と分家の下時国家に分れている。

時忠配流のことは平家物語にも源平盛衰記にも出ているが、七百何十年前の昔から歴乎とした大豪族として世を経ているのだから珍しい。辺鄙であった能登の国だからそれも可能であったろう。一朝一夕には聞きつくせない、古めかしい物語が纏っているに違いない旧家である。

上時国家の当主の話によると、時忠の子の時国の頃から時国姓を名のり、部落の名も時国と改めた。時国の姉は蕨姫と云い、平家を西海の藻屑となした源義経の妻になった。源平盛衰記に「九郎判官義経の正妻は、河越太郎重頼の娘である。しかるに平時忠の配流が確定した後に、義経は時忠の先妻の娘の二十八になるのを嫁に貰い、正妻の方を別邸へ住まわせた」という意味のことを云ってある。後に義経は頼朝から追われる身となって奥州へ落ちのびるとき、安宅の関を通って時忠を訪ね、蕨姫と再会したものらしい。そのせいか、能登には義経に関する伝説がたくさんある。

上時国家は家のつくりにも品格がある。江戸時代にはここは天領に属し、当家は二十何箇村の大庄屋をつとめていたということで、大土間が格別に広く出来ている。百姓が納米を持ちこんで来ると、この土間で俵をあけて桝目を見る作業場にしていたためであったという。土間の柱は高さ九間半で、ずっと棟まで届いているのがむき出しに見えている。一方、分家の下時国家の土間のわきの天井裏には、浦役人の目をかすめて何十俵もの米を隠す秘密室があるそうだ。

「あそこの梯子をお登りになると、秘密室を御覧になれます」

下時国家の夫人が丸山君にそう云ったが、

「いえ、いずれまた」と丸山君は尻込みした。

庭は、上時国家の方では、細長い心字池を挟む平庭と、裏山つづきの台地とで出来ている。飛石も石灯籠もいっさい置かない式で、地面がいろんな種類の苔で覆われている。下時国家の庭も、似たような地形で似たような心字池があるが、平庭にも台地にも石が配置されている。慶長年間、上時国家の十二代目のとき分家したもので、旧藩時代には当家は藩領に属し、塩田と山林の管理を藩から命じられていたと夫人が説明した。

「それでわかった。座敷が書院づくりだから、慶長以後だと思っていた」

と珍品堂が、ひとりごとのように云った。

下時国家をおいとまするると、私たちの行手に曽々木沖の海が青黒く見えていた。海岸に近づくと、助手台にいる呉服屋さんが指図して、小ぢんまりした茅葺屋根にどっさり草の生えている家の前で車をとめさせた。この家の主人が線彫秋草文壺を持っている。珍品堂は緊張した顔つきで、呉服屋さんにつづいて車を降りて行った。私と丸山君はその後からついて行き、お茶を碾《ひ》く石臼が二つ置いてある庭さきで、明るい海を見ながら珍品堂の掛合がすむのを待った。土間のなかは暗くて、誰がどこにいるのかわからない。

やがて珍品堂が黒っぽい甕《かめ》を抱えて土間口に出て、

「この壺です」と甕を日の当る地面に置いた。

「この家の主人、二里あまり先のお寺へ行って留守なんだ。今、おかみさんと呉服屋さんが、お寺へ電話をかけに裏のうちへ行きました。どうです、この壺」

やはり甕ではなくて壺である。常滑や越前でなくて須恵である。珍品堂さん買う気でいるなと私は見た。その壺の肩のあたりから胴にかけて、線彫で何枚もの楕円形の木の葉と細々とした茎か軸を描きつけてある。

「萩の葉でしょうか」と私は云った。「おそらく、萩の葉のつもりですね」

「いや、柏の葉でしょうね。ここに太い幹が描いてある。土が薄く出来てるくせに、よくも割れていなかったもんだ」

壺の口のあたりがいい恰好である。胴のあたりに篦《へら》で叩いたあとが微かに見え、抱きあげてみると案外に重かった。

電話が通じて、この家の主人の意向が或る程度までわかった。ほんとに買う気なら売ってもいいが、値段をきめてくれなくては、はっきり返答できないと云っていると云う。

「先方は、道をこっちへ向けて歩いて来るそうです。どうせ輪島へ行く道ですもの。途中で会って、道ばたで話をつけますからね」

珍品堂がそう云ったので、丸山君は運転手に輪島へ向けてゆっくり行ってくれと云った。すべて呉服屋さんの道案内である。人通りは皆無と云っていいような道だから、向うから来る人間を見落す心配はない。

二里あまり走ったと思われるころ、

「あれです、先生」と呉服屋さんが、珍品堂を振向いた。「あの風呂敷包を背負って来る男です」

見ると、枝道の前方にある山の根で、お寺と人家二三軒ある手前のところを和服の男が歩いている。

「どうします先生、ここで待ちますか。たった今、お寺を出て来たところでしょう」

「やっこさん、天気がいいもんだから、ぶらりぶらり歩いてるじゃないか。足でも悪いのかね」

しかし、丸山君の発言で車は枝道に入って行き、三つ辻のところで向きを変えて停まった。珍品堂と呉服屋は車を降りて、風呂敷包を背負った男と何やら三者談合をやりはじめた。私と丸山君は車のなかでそれを見守っていた。

「あれじゃあ、足もと見られます」と、ふと運転手が云った。「あの東京のお客さん、せかせかして、いかにも買いたそうに見えますよ。あれなら買う気だな」

その通り珍品堂は、和服の男の右手に寄ったり左手に寄ったりして、何やら頻りに話しかけた。呉服屋さんは和服の男の袖口に手を入れようとしたが、相手はそれを避けて袖をうしろに振った。

「なるほどなあ」と丸山君が感心した。「牛を売り買いするのと同じやりかただね。去年、岡山県の千屋の牛市でも見ましたね」

「あの三人、手をシャンシャンシャンシャンと拍つかどうか。千屋の牛市言葉で云えば、呉服屋さんはバンゾウ人ですね」

三人は手を拍たなかったが、商談が成立した様子で三人とも車の方にやって来た。

「恐縮ですが丸山さん、さっきの家まで車を引返して頂けませんか。今度また、行ったり来たりするのは大変ですから」

それで車は、さっきの茅葺屋根の家まで引返すことになった。和服の男は風呂敷包を車の尻に入れ、呉服屋さんと一緒に助手台に乗った。後で珍品堂さんから聞いた話では、壺の値段は呉服屋の附値と先方の云い値の中間を採ったということであった。呉服屋さんは先方が発掘者から買ったときの値段を知っていたそうだ。こんな取引の場合、仲介者は買方からも売方からも謝礼金を貰うことになっている。それが業者仲間の慣例だと私は珍品堂から教えられた。茅葺屋根の家の主人と女房は、大金を稼いだ壺に別れるのは子供に別れるような気がしたのだろう。壺を乗せた私たちの車を見送りに出ていたそうだ。私は窓からのぞいて見なかったので、それとは気がつかなかった。

曽々木から輪島に行く道は、大体において海岸沿いに通じている。途中、千枚田という地名のところがある。信州姥捨山の棚田よりもまだ大がかりで、半坪ほどの田から二十坪ぐらいまでの田圃の一大群落である。一日に百枚の田の田植をする筈であった農家の者が、九十九枚の田を植えたが残りの一枚の田が見つからない。では、帰ろうということで、蓑を取るとその下に田があった。これは誰でも知っている話だが、その話の元はこの千枚田から出たということだ。但、それを証拠づける話は聞きそこねた。このあたり、道ばたにもまた畦ごとにも、蕗《ふき》の薹《とう》がびっしり生えている。見おろす千枚田の下は直ちに海である。

輪島では漆器製造の稲垣忠右衛門さんのうちの工場と、沈金家の前大峯《まえたいほう》さんの宅を訪ねた。稲垣さんの工場では製造の工程順に見て詳しい説明を受け、大峯さんの宅では制作するところを見せてもらった。

輪島から和倉温泉場へ行く車中、呉服屋さんが越前織田焼の線彫魚刻文壺の着色写真を私と丸山君にくれた。

私たちは和倉で呉服屋さんと別れ、珍品堂とは金沢で別れた。

巻末エッセイ

珍品堂主人　秦秀雄

白洲正子

秦秀雄《はたひでお》さんが亡くなった時、いくつかの雑誌社から、追悼のための座談会を頼まれた。秦さんは生前、とかくの噂があった人であるが、何といっても骨董の世界では、独自の目を持った人物であり、私とは古い付合いであったから、むろん喜んでひきうけた。それは去年（昭和五十五年）の秋のことだったが、いつまで経っても座談会は実現しない。ひきうけたのは私だけで、ほかの人々はみな敬遠して、逃げてしまったというのである。いずれも親しく付合っていた人たちだから、私は意外に感じるとともに、人の心の冷たさを見せつけられたように思ったが、人間にはそれぞれ立場というものがあるのだろう。秦さん、と聞いただけで、コチンと来るものがあったに違いない。それは私だって、贋物をつかまされたり、法外な値段をふっかけられたりして、ひどい奴だと思ったことはあるが、それにも拘わらず、私は秦さんが好きだった。稀に見る目利きだと信じている。何よりも、死んだ後まで世間の人々に恐がられるとは、大したことではなかろうか。私はそういう人物について考えてみたい。私みたいな世間見ずが、いくら考えたところで、その正体がつかめるとは限らないが、お線香の一本ぐらいはささげることができるかも知れない。座談会がお流れになってしまった今、私が願っているのはそれだけである。

そういう人間に、小説家が食指を動かすのは当然のことだろう。今から二十年ほど前、井伏鱒二氏が、彼をモデルに「珍品堂主人」という作品を書かれた。ベストセラーで、映画にもなったから、覚えている方は多いと思う。秦さんのまわりには、文士が大勢いたので、井伏さんはそういう人たちから取材され、私まで呼ばれて何やかや喋ったことを思い出す。その頃の私は、骨董の方でもほんの駆出しで、まして秦さんのことなどわかる筈もなかったが、……たぶんそのためだろう、井伏さんには申しわけないけれども、その小説はちっとも面白いとは思わなかった。ところが、今度読み直してみると、まるで別物の感がある。今さら井伏さんの小説に感心するのもおかしいが、それが文学というものの有がたさであろう。そこには秦さんのいやらしさも、面白さも、意地の悪さも、人の善さも、あますところなく書きつくしてあった。ただ、慎重に砂糖でまぶしてあるため、私のような未熟な読者にはわからなかっただけの話である。

小説の中で、秦さんは、加納夏麿という初老の男になっており、掘出しものを発見して、自分のものにする魅力に取憑かれている。骨董買いと、女道楽の間には、大変似通ったものがあるから、秦さん、いや珍品堂主人も例外ではなく、大事な客の妾に惚れている。彼女は下ぶくれの、おとなしい女性であった。その女の人と、骨董の珍品が、精巧な織物のように、時には縦糸となり、横糸となって、物語をあやなしてゆくのがまことに面白い。一例をあげると、ある日、珍品堂は、赤坂のお茶屋で、横浜の宇田川という仏教美術屋に会い、「大和古印」を手に入れたから、明日横浜まで見に来いといわれる。

大和古印と聞いては、珍品堂はもうたまらない。太政官印とか正倉院文書なんかに捺《お》した古印には、一寸五分四方ぐらいのものがありますが、文字が奈良建築の軒の曲線を思わせる美しい線を持っています。古建築は個人では手に負えないが、古印の線を見ていると古建築を偲ぶことができるんです。……云々。

井伏さんも骨董がお嫌いではないようだが、こういう文章になると、読者に古印の説明をするかたわら珍品堂がのりうつったようになり、舌なめずりをしながら書いている姿が目に浮ぶ。

その古印には、「麗水」というのびのびした字が彫ってあった。珍品堂は、その時金がなかったので、無念やるかたなく、「好きな女に振られたような思い」であきらめて帰ったが、ひと月ほど経って、大阪の骨董屋で再びその古印にめぐり会う。骨董とはそうしたもので、思っていれば必ず一念は通じる。今度は「逃げようとする女を抱きとめるような思い」で金を都合し、やっと自分のものにすることができた。自分のものになると、人に自慢をしたくなる。早速、来宮という文士に見せると、『はッ、これは』と云って、たちまちくにゃくにゃです」だが、当時の来宮の著述なんか、国策に合わないから売れはしない。売れないから、買えもしない。ざまぁ見やがれ、と珍品堂は得意になった。

それから戦争が烈しくなり、戦争が終って、ある日静岡の醬油屋の旦那が会いに来た。珍品堂がうやうやしく、錦の袋に入ったかの古印を見せると、旦那はきょとんとした顔つきで眺めている。こんなものなら家の蔵に、掃いて捨てるほどありますよ。昔はレッテルのかわりに、四斗樽《しとだる》へ捺したもんだから、使い古しの印がいくらでも残っているという。珍品堂は身の毛のよだつ思いがした。そういう時の骨董は化け物じみて見えるものである。が、話はそこで終らない。もっと気味がわるいのは、横浜の宇田川がまた古印をねだりに来て、ぜひ買い戻したいといったのである。

これが一般の取引なら、その大和古印は贋物だと宇田川に云うべきです。しかし骨董気違いには、親子兄弟と雖《いえど》も気を許してはいけないと云われている通り、珍品堂主人は「いい鴨だ、しめた」とばかりに顔色ひとつ動かさない。鼻ぐらいは少しぴくぴくさせたかもしれないが、知らん顔で云ったことでした。

「お前さん、大和古印を買い戻したいなんて、どうした風の吹きまわしかね。いい買手が見つかったのかね。」

そこは宇田川もさるもので、けっしてその手には乗らない。店の飾りにしたいなんて、空うそぶいている。そういうやりとりが何度かあって、珍品堂はかねてから目をつけていた木彫の誕生仏を、古印ならぬ醤油屋のハンコとひきかえにせしめてしまう。

何事もなく月日は経ち、しばらくぶりで宇田川に会うと、先日の古印は右から左に売れて、お蔭さまでもうけさせて貰いましたと、礼をいわれたので、珍品堂はまたぎくりとする。それで一件落着かと思っていると、古印は廻《めぐ》り廻って、最初に買った骨董屋の手に渡り、「……妙なものですね。いい品物は、同じところをぐるぐる廻っているんですね」とその骨董屋を得意がらせる。といった工合で、贋物の古印は人間どもを尻目にかけながら、勝手に一人歩きをしはじめていたのである。今頃はどこかの美術館に、澄ました顔でおさまっているかも知れない。そうなるともう誰にも手は出せないし、口も出せない。いったい贋物・真物なんて何だろうか、と私は思ってしまう。

この大和古印の話は、小林秀雄さんの「真贋《しんがん》」の中にも出て来る。それによって私たちは、来宮という「国策に合わない」文士が、小林さんであることを知るが、横浜の宇田川は、仏教美術では随一の目利きである藤田青花、また銀座の壺井は、日本橋の壺中居《こちゅうきょ》らしいことに気づくのである。そのほか、青山二郎さんや青柳瑞穂さんも度々登場するので、知っていればよけい面白いけれども、そんなことは小説の興味とは関係ない。はじめの方に私は、一例をあげると書いたが、一例だけでも骨董の世界は、こんなに複雑怪奇で、わけのわからぬ所なのだ。いずれも海千山千のつわもの共が、一寸五分四方の贋物にひきずり廻されている姿は、正に百鬼夜行図そのものである。

珍品堂主人は、誕生仏を手に入れてから、急に信心深くなり、毎日仏さまを拝むようになった。彼は北陸地方のかなり格式の高い寺の出で、仏さまに対して、ふつうの人とはいくらか違う感覚を持合せていたらしい。信心深くなったとはいえ、「どうか今日も骨董の掘出しものをお授け下さるよう」祈るのだから、ほんとうの信仰とは呼べないであろう。忽《たちま》ち罰《ばち》が当って、掘出しものはおろか、物価騰貴で暮しも立ちにくくなった。そこで心機一転、料理屋をはじめることにした。折よく昔からの客に太っ腹の旦那がいて、空いてる邸《やしき》と金を貸してくれたので、これこそ仏さまのお蔭と欣喜雀躍する。金持の事業家と、珍品堂のやりとりも、狐と狸の化かし合いみたいで面白いが、こまかいことは割愛したい。珍品堂は店のために、お手の物の食器を注文したり、諸国から珍品ならぬ珍味をとりよせたりして、毎日楽しそうに働いていた。

その料亭へ、蘭々女という四十がらみのお茶の師匠が乗りこんで来る。金主の紹介で、はじめは相談役ということだったが、珍品堂が自分の趣味を生かすことに有頂天になっている間に、だんだん深入りして来て、ついには店を乗っとられる始末となる。このしたたかな女が誰であるか、私にはさっぱり見当がつかない。それは私が秦さんを知る以前のことであり、もしかすると、北大路魯山人を女に仕立ててあるのかも知れない。秦さんが、魯山人とともに星ヶ岡茶寮を経営し、喧嘩して別れたことは有名だからである。

ともあれ、蘭々女は、珍品堂の手におえる代物ではなく、雨水がしみこむように徐々に店を喰い荒して行き、珍品堂は体よく追い出されてしまう。この料理屋の部分が、小説の中心になっていることは、ほぼ三分の二がそれに費やされていることでわかるが、店を追われた珍品堂は、傷心のはてに来宮をおとずれる。来宮の小林さんは、いかにも評論家らしい手さばきで、「秋風落莫《らくばく》」の珍品堂を慰めてくれた。要するに彼がだまされたのは、「現象としての過程であり、結果であったということだ」。第三者から見れば、いわば友釣りの囮《おとり》の鮎のようなもので、利用されて放っぽり出されたにすぎない。囮は尻尾に鋭い鉤《はり》をつけているという。

「お前さんのお尻をまくると、毛の生えた尻尾が最低三本ぐらい生えてるんじゃないかね。どうせお前さんも悪く苦労させられたろうからね」

そのひと言で、珍品堂は機嫌を直す。

「来宮は口は悪いが花道のいい男です」

という井伏さんの言葉も利いており、二人は連立って、銀座の壺井へ行く。珍品堂にとって、骨董あさり程の妙薬はないからだ。その店で一人の若い男に出会う。大阪の生れで、会社員から一流の美術商の主になった律義者である。小説では丸九という名前になっているから、Mさんと呼んでおこう。彼は中国の古美術から入ったが、次第に日本の天平・藤原のものに心をひかれるようになった折も折、先生であり、舅《しゅうと》でもあった目利きの老人に死なれ、途方に暮れていたのである。来宮の勧めで、珍品堂はこの若者の仕入れを手伝うことに話はきまり、やっと元気を取戻す。ただし、わたしは商売人ではないから、わたしが惚れこんだものしか買わないよ。月並の骨董品は御免をこうむると、珍品堂の看板に箔をつけることも忘れなかった。

願ってもない相棒を得た彼は、それから毎日骨董あさりに励むのであるが、自分もぼろい儲けをするかたわら、相手にも適当に儲けさせるのだから、まず申し分はない。

Mさんの眼も次第に肥えて行き、今まで誰もかえりみなかった古伊万里に目をつけ、珍品堂にせいぜい集めるよう頼んでおく。実はこの古伊万里がはやったばかりに、Mさんは後に大損をするのだが、そのことについては後に書く。小説はそこのところで終っており、珍品堂は、今にきっと値が出ると信じていた古伊万里が、ようやく日の目を見るようになった前祝いに、酒を呑みすぎてお腹をこわしていた。

秦さんは、よほど料理屋が好きだったようである。というより、一度味わった甘美な夢が忘れられなかったのだろう。星ヶ岡茶寮を出た後は、目黒茶寮を営み、それが戦争で駄目になると、またしても千駄ヶ谷に「梅茶屋」を開いた。戦争が終って間もなくのことである。私がはじめて秦さんに会ったのはその頃だが、骨董気違いが料理屋をやりたくなるのは自然なことで、自分の集めた珍品で、客をもてなす程たのしみなことはない。それは茶道の精神にも通じるもので、日本人の審美眼の源はそこにある。かたわらいい商売にもなったであろう。まだ料理屋が少い頃だったし、疎開先から友人たちも帰って来たので、梅茶屋は繁昌して、忽ち文士のたまり場みたいになった。小林秀雄、青山二郎、河上徹太郎、今日出海《こんひでみ》、三好達治など颯爽とした人々が毎日のように出入りをし、時には居つづけて仕事をすることもあった。皆さん活気があって、仲よく飲んでいるかと思うと、突然修羅場と化す時もある。ああいう付合いは、今の文壇にはないものだと思う。秦さんにとっても、もっとも充実した一時期で、戦後の文壇に、「梅茶屋時代」と名づけてもいい期間が存在したことは確かである。

それもわずか数年で崩壊したが、理由は私にはわからない。大方「珍品堂主人」の料亭の場合と似たようないきさつがあったに違いない。誰のせいにしても、秦さんの責任であったことは事実で、井伏さんも小説の中でいわれているように、彼にはたしかに器用貧乏で、お人好しのところがある。一応は成功しても、長つづきしない。毛の生えた尻尾をさらけ出してしまうのだ。

その反面、秦さんは、ぽっと出の世間見ずに対しては、いつも親切な小父さんだった。私が安心してなついているのを見て、青山さんは「毒蛇の尻尾にじゃれてる」といい、秦さんのことを分裂症だと評した。いい所と、悪い所が、はっきり分れているというのである。青山さんは何事でも、かたちに現して見せる人だったから、一円アルミ貨を火鉢の灰の中に落し、「もうこれだけで秦の人間は変ってしまうよ。見ていてごらん。たった一円でも顔色が変る。お金が間に入ると、別人になるんだ」というかたわらで、秦さんは仕方なしに苦笑している。青山さんは意地悪で、いつもそんな風に人をとことんまでやっつける癖があった。さいわい私は金持ではなかったので、大した被害をこうむってはいない。秦さんは最後までいい小父さんで、……ということは、敵に廻すほどの力が私にはなかったし、目利きでもないことの証拠だから、けっして自慢にはならないのである。

梅茶屋がつぶれると、しぜん梅茶屋クラブも解散になった。が、料亭の夢はいつ果てるともなくつづき、目に見えておちぶれて行く様は気の毒であった。骨董の掘出しものも少くなっていた。その間にもいろいろな商売を計画し、その度に失敗した。そして、失敗するごとに人に恨みを残したようである。それは秦さんの罪というより、宿命のように見え、人間は一生のうちで、くり返し同じ模様しか描かないように思われた。

あまりうだつが上らないので、青山さんをカミサマにして、秦さんがマネジャーになり、新興宗教を起してはどうかという話もあった。それは勿論《もちろん》笑談に終ったが、鎌倉かどこかで、ほんとうに新興宗教をはじめ、欲ばりな彼は、自分でカミサマとマネジャーを兼ねたため、失敗に終ったと聞いている。それは大体三ヵ月が限度で、何を企画してもそれ以上はつづかなかった。いくら当人のせいとはいえ、ずい分辛いことであったに違いない。

そういう苦労がつもりつもって、世間では秦さんをいやが上にも悪い奴に仕立てあげてしまった。世間がよってたかって、悪者に造りあげた感じさえする。自分でもそのことをかくそうとはしなかった。いくらか偽悪家的な趣味もあったようで、半ば自慢げに悪事を吹聴する時もある。「善人なほもて往生す。いはんや悪人をや」という親鸞の詞《ことば》がお得意で、何かといえばひけらかし、そういう時の秦さんは、意に反して、善人中の善人のように見えるのであった。

ここまで書いて私はあることを思い出した。梅茶屋時代に、小林秀雄さんは、ドストエフスキイの「『白痴』について」を執筆していたが、ある時、勢よく玄関から入って来て、「今日は秦のことを書いた。あいつはレエベヂェフだよ」といったのである。

レエベヂェフといっても、急には思い出せぬ読者もあると思う。白痴のムイシュキンをめぐる男たちの一人で、いつもムイシュキンにつきまとっている。小林さんの言葉を借りていえば、「女に生れれば、典型的な鉄棒曳《かなぼうひ》き、その気になれば一流の幇間もつとまると言った四十歳の小役人」で、金持とみると、阿諛《あゆ》のかぎりをつくして、離れようとしない。

併《しか》し、レエベヂェフは、そんな見易《みやす》い性質だけで出来上った月並みな俗物の類型ではないので、この道化が人を捕えて離さぬ魅力には、何かもっと違った大事な性質がある事は、〈白痴〉の読者が、はっきり感じている筈である。(「『白痴』について　II」)。

一方で「黙示録」の講釈をするかと思えば、一方では卑劣きわまる振舞もやる。このわけのわからぬ人間の秘密を、小林さんは、ドストエフスキイが書いた創作ノートの中で発見する。そこには「レエベヂェフ、天才的な芸術像」とあり、創作ノートには次のような会話が記されていた。

レエベヂェフ、公爵（ムイシュキン）に、「さよう、しかし弱い人間でがす、弱い人間、あんまり弱い人間で……何もかもその弱さから起った事で、その為にこうしたいっぱしの悪党になりおおせた訳でがして……」

公爵、「君は、まるで悪党なのを自慢している様ですね、さも満足そうに」

レエベヂェフ、「まあ、どうでしょう。そりゃ全くその通りでがすよ」

ズバリ秦さんのことではないか。小林さんの論文はもっと詳しく、もっと面白くつづいて行くが、一々思い当ることばかりである。レエベヂェフの考えによれば、「優れた人間とか成功した人間とか言われている連中は、皆、強い、つまり人間の弱さに関して冷淡な鈍感な人間なのだ」といって、軽蔑し切っている。そういう自称悪党ほど純真な心に対して鋭敏なものはない。だから白痴のムイシュキンに彼は手も足も出ないのである。

勿論、秦さんは小説の中のロシヤ人とは違う。また私たち世間見ずなやからが、ムイシュキンの無邪気さと似ているわけでもない。だが、秦さんが初心者に対して、いつも親切で明けっ放しだったのは、レエベヂェフのような秘密を胸に秘めていたからではないか。この卑屈なロシヤ人は、ずるく立ち廻って生活しているだけの男であるが、秦さんには骨董という「作品」があった。あえて「作品」と呼ぶのは、骨董は自分自身の眼が造り出した芸術であり、人生の表現でもあるからだ。彼は骨董の上でも、わかり切った一流品や、名のある優等生を軽蔑し、人間でいえばムイシュキンのような無垢な美を愛していたのである。

ふつう世間の人々は、贋物・真物を見分ける人を「目利き」という。それに違いはないのだが、私にいわせればそれは鑑定家で、経験さえ積めば、真贋の判定はさして難しいことではない。駆出しの学者でも、骨董屋の小僧さんでも、そのぐらいの眼は持合せている。むつかしいのは、真物の中の真物を見出すことで、それを「目利き」と呼ぶと私は思っている。「名人は危うきに遊ぶ」といわれるとおり、真物の中の真物は、時に贋物と見紛《みまが》うほど危うい魅力がある。正札つきの真物より、贋物かも知れない美の方が、どれ程人をひきつけることか。しまいには、自分だけにわかればいい、「人が見たら蛙になれ」と念じているのが、日本の目利きの通有性である。

「贋物を怖れるな。贋物を買えないような人間に、骨董なんかわかるもんか」

秦さんはいつも豪語していた。私が知るだけでも、彼は古伊万里、佐野乾山、魯山人など、「贋物のあるところ、必ず秦あり」といわれる程、贋物にかかわって来たが、目が利かないから、贋物を売買したのではない、目が見えるからあえて危険を冒したのだ。

たとえば天啓赤絵の茶碗は、私が昔、秦さんから買ったもので、人によっては贋物と鑑定するかも知れない。天啓の焼きものは、こんなに焼きが甘くはなく、形ももっとしっかりしている。少くとも茶人は、茶道の約束にはまらないから、まず絶対に手を出すことはない。いってみれば、これは出来損いの茶碗であって、レエベヂェフの言葉ではないが、優れた一級品や、完璧な作品にはない味わいがある。それは桃山時代以来の美意識の伝統であり、秦さんはその正統な後継者であった。

古伊万里赤絵の壺も、やはり秦さんから私がゆずり受けたもので、ある美術評論家に、まぎれもない贋物と断定された。古伊万里―贋物―秦という先入観にとらわれていたのかも知れない。その評論家はもう亡くなったが、実物を見ずに、写真だけ見て書いた。第一、色が悪い。線も弱くて、力がない。線はろくろで引くから、こんなにきれぎれになる筈はない、というのである。

その写真はひどい出来で、鮮やかな赤は、どす黒い紫色に写っており、いびつな形を、いびつに見えない角度から撮影してあった。正確にろくろを引けば、線も正確に描けたであろう。だが、ゆがんだ壺ならば、線も真直ぐには引けず、切れたり弱くなったりした筈である。何もかも、写真から起った間違いなので、その評論家を咎《とが》めだてする気はないが、後に伊万里の現代作家がそれを読んで、誰がみても正真正銘の古伊万里なのに、何故あんな間違いを仕出かしたか、不思議でならないと私に語った。

私にとってはどうでもいいことだが、亡き秦さんのために弁明しておきたい。そして、くどいようだが、もう一度いっておく。もしこの古伊万里が完璧な形で、形と線に一分のすきもなかったら、秦さんも私もけっして興味を示さなかったであろう、と。

贋物と、真物と、そのすれすれの危うい橋を渡るのだから、たまには間違いが起るのも仕方がない。たとえば昭和三十年代に、骨董界に一大旋風を巻起した贋物伊万里も、佐野乾山も、秦さんの「発見」によるところが大きい。が、少くとも最初のうちは、心底惚れぬいていたことは、私がその場に居合せたのだから間違いはない。

「こんなうぶな美しさがあるだろうか」、「乾山はこんなに鮮やかな油絵みたいな絵を描いたのか」等々、感嘆おく能わざるものがあった。それが嘘だとは、私は未だに思ってはいない。秦さんは、骨董の上でも夢を見る人で、こういうものがあったらいい、ああいうものに出会えたらどんなにうれしかろうと、寝ても醒めても理想の珍品に想いを馳《は》せていた。だから時々変な買物もした。風化して、簾《すだれ》のようにスケスケになった根来《ねごろ》の盆を買い、裏に針でついたほどの朱が残っているのを指して、「ほら、建長元年って書いてあるでしょう。こんな盆はめったにあるもんじゃない」と見とれていたりする。虫めがねで見ても、建長はおろか、文字らしい形跡はどこにもありはしないのだ。その他、渡辺綱が産湯を使った井戸枠とか、秀吉愛用の硯だとか、頼朝公三歳のしゃれこうべに類するものがいくらでもあった。骨董にはつきものの伝説が、およそ那辺《なへん》から生ずるものか、秦さんの熱中ぶりを見ているとよくわかったが、贋物の古伊万里も、乾山も、まったく彼の芸術的才能が造り出した夢の産物に他ならない。

問題は、それが贋物とばれてからで、ばれた後も彼は平気で売りつづけたことである。惚れていたから、手持ちがたくさんあったのであろう。青山さんが「分裂症」と呼んだ所以《ゆえん》である。ある日、電話がかかって来て、今夜東京駅に、発掘の伊万里が九州から着く。これが最後だから、三百万円出しなさい、儲かりますよ、という。当時の私にはそんな大金はなかったし、儲ける気もなかったので、その申し出は有がたく断った。

その贋物にひっかかったのが、「珍品堂主人」に出て来る大阪のMさんである。彼は古伊万里に少からぬ興味を持っていたので、忽《たちま》ち飛びついた。何でも十倍くらいに売ったという話であるが、先にも書いたように、彼は正直一途な律義者である。やがて贋物だと知れると、得意先を一軒一軒まわって詫びた上、代金をきれいに支払ったという。Mさんにとっては、大きな打撃だったに相違ないが、それで世間の信用を得たとすれば安いものである。得意先の旦那衆も、彼の窮状をみて、放ってはおかなかったであろう。

私が不思議に思うのは、あれ程古伊万里に惚れていた秦さんが、どのあたりから忽《こつ》然《ぜん》と欲張りじじいに変身したのか、その変り身の早さだが、本人にとっては、極めて自然な成行きであったに違いない。贋物と真物は紙一重である。善人と悪人も、また然り。分析不可能な存在を、分析できると信じているのは、現代人の思い上りではなかろうか。今は仏と成った秦さんには、南無阿弥陀仏と唱えておくのが、一番よさそうに思われる。

彼の晩年は、比較的幸せだったようである。贋物騒ぎも一段落し、珍品もおさまるところへおさまって、そう簡単には掘出せなくなっていた。そのかわり、誰も目をつけないような面白いものを、片田舎の道具屋（もしくは屑屋）から発掘して来た。たとえば明治時代に、日本人がはじめて作ったブリキ缶だとか、西洋鋏とか、今はもうなくなった一升徳利や、駅弁の土瓶のたぐいである。ブリキだって、百年も経てば馬鹿にならない。使いこんで、とろけるような味になっており、鋏も土瓶も徳利も、それなりの風格をそなえていた。いずれも二束三文なので、気に入るとただでくれたが、天平・藤原の逸品を見分ける、その同じ眼が発見したものだから、そこらのがらくたとは格段の相違があった。そういう所でも楽しめるのがほんとうの目利きであり、そういうものこそほんとうの珍品といえるであろう。

しぜん旅をして暮すことが多くなっていたが、思いもかけぬ地方の骨董屋で、秦さんには色々教えて頂いた、お世話になったと、感謝している人々はたくさんいる。東京でも若い人たちを集めて、得意の説経節で骨董の講義をしたが、その集りを「落穂会」と名づけていたのも、いかにも秦さんらしい。

そのようにして、珍品堂主人、秦秀雄の名は、次第に津々浦々へ浸透して行った。といって、どさ廻りの骨董屋に成下ったわけではない。都会にはもう見るべきものはなくなっており、年老いた秦さんは、打々《ちょうちょう》発止《はっし》の修羅場より、純真な若者たちとの付合いを愉《たの》しんだのであろう。彼らは弟子というより信者に近く、したがって先生の真似はできても、その真実の姿はつかめなかったようである。私もよく地方へ取材に行くが、出雲でも、北陸でも、東北でも、「わたしが珍品堂です。井伏さんの小説のモデルです」と名乗って出る男に会って、驚いたことがある。周囲の人々も信用しているようなので、まさか真物を知っているともいい出しかねて、吹きだしたいのを我慢しているが、贋物で悪名高き秦さんも、死んでいよいよ真物になったのか、それみたことかと、心中ひそかに快哉を叫んでいるのである。

〔『芸術新潮』昭和五十六年七月号〕

（しらす・まさこ　随筆家）

初出一覧

珍品堂主人　『中央公論』一九五九年一月号〜九月号
　単行本　一九五九年十月、中央公論社刊
珍　品　『中央公論』一九五八年十二月号
この本を読んで　『産経新聞』一九五九年十一月二日付
珍品堂主人について　『ブッククラブ情報』一九七一年二月
能登半島　『小説新潮』一九六一年六月号

編集付記

一、本書は『珍品堂主人』（中公文庫、一九七七年七月刊）に著者の関連作品を増補し、河上徹太郎「著者へ」（勁草書房版『河上徹太郎全集』第五巻所収）、白洲正子「珍品堂主人　秦秀雄」（新潮社版『白洲正子全集』第十二巻所収）を収録した新版である。

一、著者の関連作品は筑摩書房版『井伏鱒二全集』を底本とし、旧字旧仮名遣いは新字新仮名遣いに改めた。底本中、明らかな誤植と思われる箇所は訂正し、難読と思われる語にはルビを付した。

一、本文中、今日の人権意識に照らして不適切な語句や表現が見受けられるが、著者が故人であること、執筆当時の時代背景と作品の文化的価値に鑑みて、底本のままとした。

中公文庫

珍品堂主人《ちんぴんどうしゅじん》
——増補新版《ぞうほしんぱん》

2018年1月25日　初版発行
2024年1月30日　3刷発行

著　者　井《い》伏《ぶせ》 鱒《ます》二《じ》

発行者　安部 順一

発行所　中央公論新社
〒100-8152　東京都千代田区大手町1-7-1
電話　販売 03-5299-1730　編集 03-5299-1890
URL https://www.chuko.co.jp/

DTP　嵐下英治
印　刷　三晃印刷
製　本　小泉製本

Published by CHUOKORON-SHINSHA, INC.
Printed in Japan　ISBN978-4-12-206524-6 C1193

定価はカバーに表示してあります。落丁本・乱丁本はお手数ですが小社販売部宛お送り下さい。送料小社負担にてお取り替えいたします。

中公文庫既刊より

各書目の下段の数字はＩＳＢＮコードです。978 ‐ 4 ‐ 12が省略してあります。

ち-8-1
教科書名短篇　人間の情景
中央公論新社 編
司馬遼太郎、山本周五郎から遠藤周作、吉村昭まで。人間の生き様を描いた歴史・時代小説を中心に中学教科書から厳選。感涙の12篇。文庫オリジナル。
206246-7

ち-8-2
教科書名短篇　少年時代
中央公論新社 編
ヘッセ、永井龍男から山川方夫、三浦哲郎まで。少年期の苦く切ない記憶、淡い恋情を描いた佳篇を中学教科書から精選。珠玉の12篇。文庫オリジナル。
206247-4

ち-8-9
教科書名短篇　家族の時間
中央公論新社 編
幸田文、向田邦子から庄野潤三、井上ひさしまで。かけがえのない人と時を描いた感動の16篇。中学教科書から精選する好評シリーズ第三弾。文庫オリジナル。
207060-8

ち-8-10
教科書名短篇　科学随筆集
中央公論新社 編
寺田寅彦、中谷宇吉郎、湯川秀樹をはじめ、岡潔、矢野健太郎、福井謙一、日髙敏隆七名の名随筆を精選。国語教科書の名文で知る科学の基本。文庫オリジナル。
207112-4

よ-5-8
汽車旅の酒
吉田　健一
旅をこよなく愛する文士が美酒と美食を求めて、金沢へ、そして各地へ。ユーモアに満ち、ダンディズムが光る汽車旅エッセイを初集成。〈解説〉長谷川郁夫
206080-7

よ-5-9
わが人生処方
吉田　健一
独特の人生観を綴った洒脱な文章から名篇「余生の文学」まで。大人の風格漂う人生と読書をめぐる随想集。吉田暁子・松浦寿輝対談を併録。文庫オリジナル。
206421-8

よ-5-10
舌鼓ところどころ／私の食物誌
吉田　健一
グルマン吉田健一の名を広く知らしめた「舌鼓ところどころ」、全国各地の旨いものを紹介する「私の食物誌」。著者の二大食味随筆を一冊にした待望の決定版。
206409-6

よ-5-11
酒談義
吉田健一
少しばかり飲むというの程つまらないことはない——。飲み方から各種酒の味、思い出の酒場まで、ユーモラスに綴る究極の酒エッセイ集。文庫オリジナル。
206397-6

よ-5-12
父のこと
吉田健一
ワンマン宰相はワンマン親爺だったのか。長男である著者の吉田茂に関する全エッセイと父子対談「大磯清談」を併せた待望の一冊。吉田茂没後50年記念出版。
206453-9

よ-5-13
酒宴／残光 吉田健一短篇小説集成
吉田健一
翻訳、批評から小説へと自在に往還し独自の文学世界を築いた文士・吉田健一。その初期短篇小説集『酒宴』『残光』の全一七篇を収録。〈解説〉富士川義之
207194-0

き-7-2
魯山人陶説
北大路魯山人
平野雅章 編
「食器は料理のきもの」と唱えた北大路魯山人。自らの豊富な作陶体験と鋭い鑑賞眼を拠り所に、古今の陶芸家と名器を俎上にのせ、焼物の魅力を語る。
201906-5

き-7-3
魯山人味道
北大路魯山人
平野雅章 編
書・印・やきものにわたる多芸多才の芸術家・魯山人が終生変らず追い求めたものは〝美食〟であった。折りに触れ、書き、語り遺した美味求真の本。
202346-8

き-7-4
魯山人書論
北大路魯山人
平野雅章 編
魯山人の多彩な芸術活動の根幹をなすものは〝書〟であり、彼の天分はまず書画と篆刻において開花した。独立不羈の個性が縦横に展開する書道芸術論。
202688-9

き-7-5
春夏秋冬 料理王国
北大路魯山人
美味道楽七十年の体験から料理する心、味覚論語、食通閑談、世界食べ歩きなど魯山人が自ら料理哲学を語り、手掛けた唯一の作品。〈解説〉黒岩比佐子
205270-3

さ-77-1
勝負師 将棋・囲碁作品集
坂口安吾
木村義雄、升田幸三、大山康晴、呉清源……、盤上の戦いに賭けた男たちを活写する。小説、観戦記、エッセイ、座談を初集成。〈巻末エッセイ〉沢木耕太郎
206574-1

各書目の下段の数字はISBNコードです。978－4－12が省略してあります。

い-38-4
太宰治
井伏鱒二
師として友として太宰治と親しくつきあった井伏鱒二。二十年ちかくにわたる交遊の思い出や作品解説など太宰に関する文章を精選集成。〈あとがき〉小沼　丹
206607-6

い-38-5
七つの街道
井伏鱒二
篠山街道、久慈街道……。古き時代の面影を残す街道を歩いて、史実や文献を辿りつつ、その今昔を風趣豊かに描いた紀行文集。〈巻末エッセイ〉三浦哲郎
206648-9

い-38-6
広島風土記
井伏鱒二
広島生まれの著者による郷里とその周辺にまつわる回想や紀行文十七編、小説「因ノ島」「かきつばた」、半生記などを収める。文庫オリジナル。〈解説〉小山田浩子
207375-3

こ-14-3
人生について
小林秀雄
名講演「私の人生観」「信ずることと知ること」を中心に、ベルグソン論「感想」（第一回）ほか、著者の思索の軌跡を伝える随想集。〈解説〉水上　勉
206766-0

こ-14-4
戦争について
小林秀雄
小林秀雄はいかに戦争に処したのか。昭和十二年七月から二十年八月までの間に発表された社会時評を中心に年代順に収録。文庫オリジナル。〈解説〉平山周吉
207271-8

こ-14-2
小林秀雄　江藤淳　全対話
小林秀雄
江藤　淳
一九六一年の「美について」から七七年の大作『本居宣長』をめぐる対論まで全五回の対話と関連作品を網羅する。文庫オリジナル。〈解説〉平山周吉
206753-0

く-2-2
浅草風土記
久保田万太郎
横町から横町へ、露地から露地へ。「雷門以北」「浅草の喰べもの」ほか、生粋の江戸っ子文人による詩趣豊かな浅草案内。〈巻末エッセイ〉戌井昭人
206433-1

い-126-1
俳人風狂列伝
石川桂郎
種田山頭火、尾崎放哉、高橋鏡太郎、西東三鬼……。破滅型、漂泊型の十一名の俳人たちの強烈な個性と凄まじい生きざまと文学を描く。読売文学賞受賞作。
206478-2